光っていたのは白銀の髪――グリードが拾ったのは、
長い髪をした人間だったのだ。
妹に婚約者を譲れと言われました
最強の竜に気に入られてまさかの王国乗っ取り？

グリード
「強欲」の竜。人の姿をとる

エリアナ・リュミエール
公爵令嬢。竜の花嫁

クリス・トワイニング
宮廷魔術師長
アルヴィン・ファレル・スレンヴェール
王太子。エリアナの元婚約者
ルーナ・リュミエール
エリアナの妹

「これが証拠ですわ。陛下」

そう言って、私は胸元からグリードの鱗を取り出した。

赤く光る宝石のような、薄く美しい鱗。

「ほう、なんとも美しい……」

「これは竜の鱗ですわ。グリード様が王に立った証明です」

妹に婚約者を譲れと言われました

最強の竜に気に入られてまさかの王国乗っ取り？

柏てん

イラスト：COMTA

口絵・本文イラスト
COMTA

装丁
伸童舎

プロローグ
5

第一章　竜の巣穴にて
17

第二章　後悔しても遅いんです！
50

第三章　森での生活は前途多難
110

第四章　魔術師長は因果な商売
135

第五章　新生グリード竜王国
168

第六章　あなたと生きていくために
240

あとがき
248

contents

プロローグ

大国スレンヴェール。

その国で私は、最上位貴族である公爵の娘として生を受けた。

生まれた時から、何かに不自由した覚えはない。

相応《ふさわ》しい教育を受け、教養を磨き、家名に恥じない人間になろうと絶えず努力してきた。それこそが持つべき者の役目と家庭教師《ガヴァネス》に教わったからだ。

そのおかげもあってか、概ね両親の期待に応えられる人間になれたはずだ。

礼儀作法を学び、足に肉刺《まめ》を作りながらダンスを叩《たた》き込まれた。帝王学から地理、歴史、数か国語を学び、更には淑女のたしなみとされる刺繍《ししゅう》やピアノまで。

何にも手を抜かなかった。それは両親の誇れる娘になりたかったからだ。

貴族の家庭においては普通のことだが、私は乳母によって育てられた。両親は領地運営や社交に忙しく、顧みられることはほとんどなかったと言っていい。

十歳まで領地にあるマナーハウスで過ごし、過酷な花嫁教育を施された後、十四歳で社交界デビューした。

それもこれも、次期国王であらせられる王太子殿下の婚約者の地位を射止めるため。

孫を国王にすること。それこそが、公爵である父の悲願だった。おそらくは外戚《がいせき》として権力を握ることが最たる理由だろうが、そんなこと私にはどうでもよかった。

父の願いを叶《かな》えれば、振り向いてもらえる。自慢の娘だと思ってもらえる。理由なんてそれだけでよかった。

社交界は熾烈《しれつ》な戦いの場だ。

令嬢たちは花のように微笑《ほほえ》みながら、裏では足を引っ張り合いよりよき夫を得ようと戦わねばならない。

中でも婚約者の決まっていなかった王太子殿下は、その優れた容姿や穏やかな物腰も相まって、群がる女たちは引きも切らなかった。

私は名家の出な分そうでない令嬢たちより少しだけ有利だったけれど、それでも王太子殿下が気に入らなければ何の意味もないことだ。

そして気に入ると言っても、それは恋愛感情としてではなく未来の王妃として相応しいかという選抜に他ならなかった。

恋愛とは結婚の後にするもの――――貴族はそう教わって育つ。

家格の見合う者同士で跡取りをなした後ならば、後はどんな相手と自由恋愛を楽しんでも構わない。そんな考え方がまかり通っていた。

私には人を好きという気持ちはよく分からなかったけれど、大人になればいつか分かるのだろうと思っていた。

果たして私は父の願い通り、次期国王である王太子の婚約者の地位も射止めることができた。決まった瞬間、どれほど嬉《うれ》しかったことだろう。ようやく父に振り向いてもらえる。すべての努力が報われる。

そう思った。

ところが、だ。

その王太子殿下が我が家を訪問された折、あろうことか妹は殿下に一目惚《ひとめぼ》れをしたと言い出した。

私とは対照的に、生まれた時からタウンハウスで両親にかわいがられて育った妹だ。

それゆえに、自分の願いならば何でも叶うと思っている節があった。

妹は言ったのだ。

「あの方こそわたくしの運命のお相手ですわ。間近で見てすぐに分かりました。今までは遠目にしか拝見したことがなかったので分からなかったのです」

「突然何を言い出すのですか」

周囲の驚きなど、目に入らないようだった。

「ですからわたくし、あの方の妻になりたいのです！」

正直、馬鹿かと思った。

だって貴族の結婚に、好きも嫌いもあるか。

確かに王子は、品行方正で眉目秀麗《びもくしゅうれい》。ついでに言うと人当たりのよいおおよそ欠点というものが見当たらないお方だ。

けれど私は彼が好きで婚約者を目指したわけではないし、向こうも私を選んだのは打算あってのことだろう。

実際、直接言葉を交わした回数すら、両手の指で足りるほどだ。人当たりがいいのは上辺だけで、どんなことを考えどんな性格をしているか。そんなことすら知らない。

なのに妹は、その外見を間近で一目見ただけで、恋に落ちたという。

そんなことが果たしてあるのだろうか。一目で一体何が分かったというのか。

しかもその運命の一目惚れという個人の事情で、私の今までの努力すべてをご破算にしようというのか。

でも最初は、妹のその言葉を真に受けたりはしなかった。というかむしろ、そんなことできるはずがないと思った。

公爵である父も、そして王家も認めた婚約だ。

何かよほどの事情があれば別だが、婚約は今更覆りようのないところまで来ていた。あとは時機を見て国民に公布し、来年には結婚の準備に入る予定だったのだ。

できるはずがない。そんなことあっていいはずがない。

――そう思っていた。

だが、私とは違って両親に甘やかされて育った妹は、諦《あきら》めなかった。

いつもはすぐに諦めるくせに。ダンスだけはかろうじて習得したものの、ピアノも勉強も大嫌いでなんでもすぐに投げ出したくせに。

「どうしてお姉様でなければだめなのですか？　リュミエール家の娘なら、わたくしでもいいじゃありませんか！　殿下はわたくしの運命の方なのです。お父様はわたくしの幸せを邪魔なさるのですか？」

彼女は父に泣きつき、家の地位を高めるためなら自分でも姉でも変わらないじゃないかと父を説得したのだ。

その狂乱の日々を、遥《はる》かに遠い昔の出来事のように思う。

私は呆《あき》れたものの、妹の願いが叶うとは思っていなかった。

だって婚約とは、相手あってのことだ。いくら妹に甘い父が許そうとも、相手方である王家が許すはずがないし、また父もそんなことを言い出せるはずはないと思っていた。

だが現実は、時に私の予想を容易《たやす》く裏切る。

初めは我儘《わがまま》を言うなと妹を宥《なだ》めていた両親も、彼女が恋煩いで寝込んだりなんだりしているうちに、すっかり態度を軟化させてしまった。

そしてある日、私を呼び出して言った。

――妹を王太子殿下の婚約者にするために。

――お前は病気ということにしよう。

――かわいい妹のためだ。

――賢いお前なら、分かるだろう？

初めて向けられるような優しい声音で、命じられたのは残酷な内容だった。

要は、私が病気にかかったということにして、代わりに妹を嫁にどうかと王家に打診しようというのだ。

こんな馬鹿な話があるか。

妹が馬鹿なら、両親は大馬鹿だ。

だって私は健康そのものなのに。清潔を心掛けていたし、重い病気にかかったことすらない。

更には、未来の王妃としての勉強は婚約者としての地位が確定した後も続けていた。

食べたいものを我慢して流行の細腰を維持するよう努めたし、将来の外交を見据えていくつもの言語を同時並行して学んでいた。暇があれば本から知識を詰め込み、厳しいと有名な家庭教師を増やしレッスンにも余念がなかった。

すべては、両親に満足してもらうため。公爵家の娘として恥ずかしくない自分であるため――だったというのに。

間もなく、王家から変更を了承する旨の書簡が届いた。

妹は飛び上がって喜んだけれど、私は地獄の底に突き落とされたような気持ちになった。

私を打ちのめしたのは、公爵家の娘なら本当にどちらでもよかったのだという事実と、そして両親が私の幸せよりも妹の幸せを優先したという現実だった。

ダンスも勉強もマナーも刺繍も乗馬もピアノも、すべての我慢や努力は、私の地位を留めておくのに何の役にも立たなかったのだ。

やがて妹が婚約者として正式に発表されて、婚約者の座が決まっていると噂《うわさ》されていた私は栄光から一転、妹に婚約者を寝取られた娘として社交界で哀れまれ、蔑《さげす》まれる羽目になった。

ついでに、その理由が病気であると妹が夜会で言いふらしたことで、私に近寄る人もいなくなった。これでは、他の高位貴族との結婚も絶望的だろう。

婚約者のお披露目パーティーで、王太子が妹をエスコートしている姿を壁際から一人で見る惨めさ。両親もこれ以上ないほど嬉しそうな顔をしていた。

本当なら――あそこにいるのは私だったはずなのに。

華やかなドレスに身を包み、王太子殿下に手を引かれ、両親を喜ばせるのは私だったはずなのに。

私は一人。私だけ一人。

みんな手を繋《つな》いで踊っているのに、私にはそんな相手は一人もいない。

噂好きの宮廷雀《すずめ》たちは、「とても病気には見えない。彼女に別の落ち度があったのではないか」と面白おかしく噂した。

本当は遊んでいるんだろうと、普段なら私に近づくことも許されないような素行の悪い青年貴族にひどい言葉を浴びせられた。

同情したような顔で、ご病気なんでしょうと原因を探ろうとする噂好きの伯爵夫人。おめでとうございますとせせら笑うように声をかけてくる蹴落《けお》としたかつてのライバルたち。

言葉を交わすことが苦痛だった。この場から消えてなくなりたかった。

本当のことなど、言えるはずもない。それこそ公爵家の家名に泥を塗る行為だ。

友人だと思っていた令嬢たちは一人残らず私の周りから消え去り、そして今度は妹を取り巻く花へと変わっていた。

分かっている。彼女たちも親に命じられているのだ。未来の王妃と繋がりを持てと。

そうして私は、自らの努力で築き上げたと思っていたものを、全部なくした。

手に入れたと思っていたものは、幻影に過ぎなかったのだ。夢が覚めれば容易く消える水面の泡。

立場が変われば消えてしまうような、そんな偽りの栄光だった。

どうしてこんなことになってしまったのか。

人徳がなかった？　運が悪かった？

それだけのことで、どうしてこんな恥辱を与えられなければならないのだろう。

何度も神に問い、そして自らに問うた。

だが、答えが出るはずもない。どんなに祈っても神は助けてはくれないし、私の心は未だに現実を受け入れきれていなかったのだから。

＊

そういうわけでやけになった私は、竜の花嫁というやつに立候補することにした。

家にいても結局両親には見向きもされず、幸せの絶頂で無自覚に私を傷つけてくる妹との同居に耐え切れなくなったせいだ。

妹が嫁ぐまでにはまだ一年以上の時間があった。

それまで彼女の幸せそうな顔を見せつけられるというのは、私には命よりも耐え難いことだったのだ。

ちなみに竜の花嫁というのは、十年に一度竜の眠る活火山にその身を投げる、有り体に言えば生《いけ》贄《にえ》である。

生贄は身分が高ければ高いほどよいとされ、毎回平民ではなく子爵や男爵の娘が選ばれていた。

といっても、その多くは養子として引き取られた貧しい娘だというのは、公然の秘密である。

生贄を出した家は、娘を一人失う代わりに恒久的な栄誉と国から遺族年金を受け取ることができる。

公爵家の資産から考えればそんな年金などはした金に過ぎないが、竜の花嫁にさえなればわが家が栄誉を得ることになり、今度こそ両親が喜ぶのではないかと愚かな私は考えたのだった。

どうしても、妹よりも役に立つ自分を証明したくて。

だが一方で、打算もあった。

竜の花嫁になると告げれば、両親が私の苦しみに気付いて、優しくしてくれるのではないかと。

小さい頃から甘やかしている、あの妹のように。

全く愚かだ。愚かだとしか言いようがない。

けれど、その時の私は本気だった。きっと引き留めてくれるだろう。かわいそうと泣いてくれるだろう。そんな期待をしてしまったのだ。

しかし結果として、両親は鬱々《うつうつ》と引きこもるばかりの私を持て余していたのか、さほど惜しむことなく竜の花嫁になるという申し出に同意した。

こうなってしまってはもう、引き下がれない。

私は前代未聞の高位貴族からの生贄として、竜にこの命を捧《ささ》げることになった。

竜の花嫁になると決まって、初めは呆然《ぼうぜん》としていたがやがてこれでよかったのかもしれないと思うようになった。

私はもう妹の幸せそうな顔も、腫《は》れ物に触るような両親の顔も、見なくて済む。

否が応でも耳に入ってくる醜悪な噂や、使用人たちの憐《あわ》れみの声を聞かなくて済む。

神殿での静かな日々の中で、そうして私はすべてを諦めた。自分を取り巻く環境を拒絶し、誰からも愛されていないのだという現実をようやく受け入れることができた。

そして輿入《こしい》れの日。

まさか先にお姉様が輿入れするなんてと、妹は涙ぐんでいた。

何にでもすぐ感情的になり、よく泣く妹。父親に泣きつきさえすれば、世界の理《ことわり》さえ変えられると思っている。

別れ際、両親は言葉少なだった。ただしっかりと務めを果たすようにと、公爵の娘として最期は見苦しくないようにと注意を受けた。

いつもだったら、自信をもってはっきりと返事をしたことだろう。

けれどこの時の私は、もう彼らのことなんてどうでもいいとすら思っていた。

罪悪感からか、それとも事実そうなのか王太子殿下は体調不良を理由に姿を見せなかった。

私は王都から盛大に送り出され、神官たちが担ぐ輿に乗って長い道程を旅した。

どうして私が立候補したかなどの事情を知らない国民たちは、古くからの習わし通り輿を見ると花嫁を言祝《ことほ》ぎそして讃《たた》えるために赤い花を投げてくれる。

竜の鱗《うろこ》が形を変えたとされる、がくが特徴的な〝グリードの花〟だ。

そうして白い覆いのついた輿は、竜が棲《す》むとされる火山に着くまでに花の汁で薄紅に染まっている。

旅の終わりに私たちは火山のふもとで石造りの古い神殿に泊まった。古くから、この習わしのためだけに使われている神殿だ。

そこで改めて禊《みそぎ》を済ませ、花嫁衣装を纏《まと》い再び輿で山頂へと登った。

白くて長いベールが、風に煽《あお》られる。その隙間から見える、見たこともない風景。広い青空と、緑の野山。どこまでも続く豊かな国土。

今まで何も知らず、ただ勉強机にかじりつくようにして生きてきた。

本で読んだだけで広い世界のことを知った気になっていただけで、私は何も知らないちっぽけな存在だったのだ。

この旅の中で、そんなことに気付かされた。

歴代の花嫁たちは、一体この道で何を思ったのだろう。輿の下から神官たちの苦しそうな息が聞こえる。それでも、私は彼らの上に腰かけ続ける。

やがて、一行は険しい火口へと到着した。暴力的な熱風。赤い光を放つ高温のマグマ。

神官たちは、祝詞《のりと》を唱え儀式を終えるとそそくさと山を下ってしまった。

残されたのは私一人。見張りすらつけない。

きっと歴代の花嫁の中には、ここから逃げる者もいたのかもしれないと、私はぼんやり考えた。別れ際の神官たちも、どこか私に同情している様子だった。ここから一番近い村の場所を、こっそり教えてくれる者までいた。

だが、私は全く逃げようという気にはなれなかった。

生き残ったところで、一体何があるというのか。両親からも元婚約者からも見捨てられ、私を惜しむ人などこの世に誰一人としていない。

それに、私はもう疲れた。こうして立って、息をしていることすら苦痛だ。消えてしまいたい。すべてのことから解放されたくてここまで来た。

最後の最後にそんな私の命が、少しでも国の役に立つというならそれが唯一の慰めだろう。

そして私は、燃え滾《たぎ》るマグマの海に身を投げた――……。

第一章　竜の巣穴にて

――今日はよく晴れているな。

特に意味もなく久方ぶりに目が覚めたグリードは、己の巣穴である火口から空を見上げ、そんな呑気《のんき》な感想を抱いた。

怠け者のスロウスではないが、彼はもうここ百年近くこの火山から外に出ていない。

自分が外に出ると外の小さな生き物たちがわいわい騒ぐので、それを見るのが億劫《おっくう》なのだ。火山の中ならば彼を討伐しようと、勇者がやってくることもない。

グリードは居心地のいい寝床で、ごろごろと惰眠を貪《むさぼ》っていた。

竜は丈夫で、燃え盛る炎の中でも雪の覆われた大地でも命を奪われることがない。なので彼はマグマの上に少し張り出した平らな土の上で、まるで猫のように丸くなっていた。

だがその時、不意に彼の目にきらりと光る小さな何かが飛び込んできた。

横切る鳥などではない。どうやらそれは、火口から落ちてきたものらしい。

何だろうか。グリードは〝それ〟に興味を持った。

きらきらと光るものが好きなのは、グリードたち竜の本能だ。

グリードはその大きな体を持ち上げると、大きな羽を広げばさりと羽ばたいた。

火口の中にとんでもない風圧が生まれ、赤い巨体が信じられないような速さで光る塊をあぐりと口の中に収める。

グリードがマグマを避けて地面のある場所に光る塊を吐き出してみると、それは手足のある動物、小さな人間であることが分かった。

光っていたのは銀ともつかぬ白髪――グリードが拾ったのは、長い髪をした人間だったのだ。

＊

「う……ぷえっ！　え、何⁉」

驚いた。

起きたらそこは死者の国だと思っていたのに、ぬめぬめとした液体が顔を覆っていたからだ。

苦しくて、思わず手でその液体を払った。そしたら顔どころか手も足も体中液体だらけだった。

白いドレスはぐっしょりと濡《ぬ》れ、粘液は長い髪にまとわりついていた。

マグマに飛び込んだはずの私に、一体何が起こったというのか。

『起きたか、人間』

私のそんなドタバタを、どうやら見ていた相手がいるらしい。

しなだれたドレスで何とか顔を拭《ぬぐ》い、目を開けるとそこにいたのは人ではなく巨大なトカゲ――ではなく竜だった。

「ええ⁉」

思わず、今まで一度も出したことのないような声が出る。料理前に絞殺される鶏のような声だ。

その現実を受け入れるまでに、少しの時間がかかった。竜の花嫁としてここまで来たくせに、私は竜に会うという事態を全く想定していなかったのだ。

竜は既に、伝説上の存在でしかない。いると言われ続けてきたが、実際に見たという者は誰一人としていない。

信じられてはいても、おとぎ話の存在。絵本と教会の説話の中だけで生き続ける、それが私にとっての竜だった。

『うるさい』

指摘され、慌てて口を覆う。

驚愕《きょうがく》のあまり声を上げてしまったが、それが竜には耳障りだったらしい。

混乱していた私の頭の中に、一つの答えが導き出される。

それは、この竜こそが火山に住まう竜だということ。花嫁と呼ばれる生贄を捧げることで、国に平穏を約束してくれる相手だ。

その名はグリード。深紅を纏う伝説の竜。

――伝説じゃなかったのね。

どうせ眉唾《まゆつば》だろうと思っていたが、そうではなかったらしい。生贄に立候補しておいてなんだが、まさか本当にいるとは思わなかった。

しかし、出会ってしまったからには相手の機嫌を損ねないように気をつけねばならないのだろう。何せ、私はこの竜に捧げられた花嫁なのだから。婚姻というより多分食われるのだろうが、それはそれだ。

どうやら、恥辱の中で死ぬのはもう少しお預けのようだった。

べたべたした体で、私はその場に平伏する。

王の御前ですらしないそれは、罪人が許しを請う時にするものだ。

死にに来たので死ぬこと自体は怖くないが、竜の機嫌を損ねれば私は最後のお役目すらまともに果たせなかったことになる。

私の名誉のためにも、それだけはどうしても受け入れられないことだった。

両親のためではない。私のプライドのためだ。

『何をしている？　蛙《かえる》のように這《は》いつくばって』

しかし私の必死の平伏も、竜にとっては蛙のそれと変わらないようだ。

確かに、これほど大きさが違うのだ。多少目線が違ったところで、竜にはさして違いが分からないのかもしれない。

震えながら顔を上げると、目の前の竜をまっすぐに見つめた。

辰砂《しんしゃ》のような深みのある赤の硬質な鱗と、縦長の光彩を持つエメラルドのように美しい瞳《ひとみ》。

竜を見たのは生まれて初めてだが、私はその生き物を、今まで見てきた物の中で最も美しいと思った。

「きれい……」

思わず、そんな感想が口をついていた。

竜が訝《いぶか》しむように、目を瞬かせる。

一瞬後で、発言を許されたわけでもないのになんてことをしてしまったんだと、我に返り背筋が凍った。

無駄と知りつつ、再び土の上に這いつくばる。蛙でも何でもいい。この美しき竜の怒りを買わずに済むのなら。

そういえば、いつの間にか土のある場所に運ばれていた。目の前の竜しか目に入らず、そんなことにすら気付いていなかった。相変わらず火口の中ではあるようだが、マグマの海にせり出したでっぱりのような部分があって、そこは竜が寝床にするのにちょうどよさそうな大きさだった。

土がこのマグマの中溶け出さずにいるとは考えづらいので、おそらくは竜による何がしかの特別な力が働いているのだろう。

『ふむ……』

何かを悩むように、竜が小さくうなった。

私をどう食べるか思案しているのだろうかと考えながら、審判の時を待つ。できることなら、できるだけ痛みの少ない方法にしてもらいたい。死を覚悟してきたとはいえ、別に痛めつけられたいと願っているわけではないので。

その時間はとても長いようにも、そして短いようにも感じられた。

ただ、火口に立った時は体が燃えてしまいそうなほど暑かったというのに、今は震えが止まらないのが我ながら不思議だった。

「よし、決めた」

先ほどよりも近い位置で、声がした。

艶《つや》やかな男性の声だ。先ほどまでの、脳裏に直接響いてくるような声とは違う。

恐る恐る顔を上げると、竜は消え去りそこに立っていたのは見目麗しい男性だった。

長い艶やかな赤い髪に、切れ長の目は鮮やかな翠《みどり》。けれどその虹彩《こうさい》は、不思議なことに縦長に割れている。私が知るどの国とも違う服。そして装飾品。

私は左右を見回し、慌てて竜の姿を探した。

しかしそこにあるのは相変わらず小さな平地と、あとは煮え滾《たぎ》るマグマだけ。

どうして自分とこの男性が生きていられるのか、いっそ不思議になるような景色が広がっている。

結局どれだけ見渡しても先ほどの竜を見つけることはできず、私は安堵《あんど》と共に小さな失望を感じた。

あの竜に食べられてようやく楽になれるのだと、心のどこかで願っていたのに。

「おい、お前」

そんな私を面白がるように見ていた男が、尊大に腕を組んで声をかけてきた。見覚えのない顔だが、私は慌てて立ち上がり、居住まいを正す。

名誉あるリュミエール公爵家の長女である私が、初対面の男性相手にこんなにも無様な姿をさらしているなんて、許されるはずがない。

粘液だらけでなおかつボロボロの体に、鞭《むち》を打つ。

ドレスは破けているし体中が痛みを訴えるという散々な状態だが、いつでも誇りを忘れるなというのは父が口を酸っぱくして言っていたことだ。もう父のことなど正直どうでもいいが、生きている限りは、体が勝手にその教えに従ってしまう。

「わたくしは、リュミエール公爵の娘エリアナ。失礼ですが、あなた様はどなたですか？　それに、あの竜はどこへ行ったのです？」

本来は女性から名乗ってはいけないのだが、向こうが名乗るつもりがなさそうなのでこちらから名乗ってみる。

公爵家の名前を聞くことで相手がどんな態度に出るか、それを量りたかったのだ。

しかし男は、私の家名を聞いても畏《おそ》れ慄《おのの》くどころか、組んだ腕をほどきもしなかった。

これは彼がリュミエール公爵の名を知らない他国の者か、それとも人間の権力に鈍感な人ならざる者であることを示している。

そもそも、こんなマグマ溜《だ》まりの縁《ふち》に普通の人間がいるはずもない。

さては先ほどの竜の眷属《けんぞく》だろうかと緊張していると、男は上から下まで入念に私を品定めした後、口を開いた。

「お前はこんなところに何しに来た？　人間であればすぐに死んでしまうところだぞ」

彼はあまりにも当たり前すぎることを言った。人間でなくても、おそらく大抵の生き物ならば死に至るだろう――竜以外は。

「わたくしは、竜の花嫁としてこちらに参りました」

「何、竜の花嫁だと？」

男は訝しむように言う。竜の花嫁を知らないということは、やはりスレンヴェールの人間ではないのだろう。

そもそも、人間ですらないのかもしれないが。

「どうして人間が竜に嫁ぐのだ？」

男は心底不思議そうに言った。

そんなこと説明して何になるのだろうと脱力感を感じつつ、私は簡単に説明する。

「花嫁と言っても、本当に嫁ぐわけではありません。有り体に言えば生贄《いけにえ》ですわ。生贄を差し出す代わりに、この先十年国が豊かでありますようにと願いをかけるのです」

「何だと⁉」

男の驚きようには、こちらの方が驚かされる。今の話は、スレンヴェールではおとぎ話として子どもでも知っている話だ。

「ここの竜にそんな力があると思うか？　破壊竜とも呼ばれる、緑を腐らせ国をも亡《ほろ》ぼす竜ぞ」

その返事は皮肉げなものだった。

彼は驚きから一転して、まるで自嘲《じちょう》するような笑みを見せる。

おそらく、どうして人間が竜に嫁ぐのかと尋ねられた時の私の顔にも、似たような表情が張り付いていたことだろう。

男に共感のようなものを感じてしまい、そんな自分自身に私は戸惑った。

ついさっきまですべてのものごとがどうでもいいと、一刻も早く楽になれればいいと、そんなことばかり考えていたというのに。

「わたくしの国でそんなことを言う者は一人もいません。建国の昔から、竜は尊ぶべきものと伝わっています。どうしてこの風習が始まったのか、その理由は定かではありませんが……」

少なくとも、史学の家庭教師《ガヴァネス》はそんな話はしなかった。教師が重要視したのは、建国の昔よりもその後の周辺国家との折衝、及びその隆盛についてだ。

「そうなのか……」

そう言うと、男は何かを考え込むかのようにじっと黙り込んだ。えも言われぬ緊張感のようなものが漂う。

たとえ突拍子もないことを言おうが男には独特の迫力のようなものがあり、野性味のある外見に反してどこか冒しがたい気品のようなものが漂っていた。

まるでそれは、波乱の時代に自ら国を作る王のような。粗野な生まれだろうが力ですべてを薙《な》ぎ払い、人々を統治する蛮勇の王だ。

「よし、分かった。ではその決まりとやらに則《のっと》って、お前を娶《めと》ることにしよう」

まるでいいことを思いついたとでも言わんばかりに、男は笑みを見せた。

一方で、私はといえば驚かされるばかりである。今の話のどこに、そんな風に解釈する要素があったというのか。

「ま、待ってください！　わたくしの話を聞いていましたか？　わたくしはこのマグマに身を投げて、生贄になるために来たのですわ！」

そうだ。死ぬつもりだった。惨めな自分に絶望して。

だが、男は考え直すでもなくただにやりと笑う。

「お前は今、〝竜の花嫁〟とそう言っただろう。喜べ。この七匹の竜が一柱。強欲のグリードがお前を娶ってやろうというのだ」

それは古い叙事詩にも記された、火山に住む恐るべき竜の名前だった。

「そ……それではあなた様が、この火山に住まう竜であると……？」

動揺がそのまま音になったような声が出た。

混乱と、疑念と、畏怖《いふ》。

一体どうすれば相手の機嫌を損ねずに済むのだろうと思いながら、同時に本当にこの男が先ほどの竜なのだろうかと訝《いぶか》しくも思う。

「疑うか娘。先ほど俺様の本性を見たであろう？」

しかし男は、私の困惑など意に介さない。

そんなもの、あってもなくてもさして変わらない、とでも言うように。

その時すぐ近くでマグマが飛沫《しぶき》を上げた。

空気に触れて炎を纏った液体が、ドレスに降りかかる。

「きゃっ」

せっかく拾った命も燃え尽きて死ぬのかと思ったが、不思議なことに私のドレスが燃え上がることはなかった。

それどころか、飛沫がかかったのに熱くもなんともない。

「何を驚いている。火口にあって炎が飛ぶは当たり前であろう」

男は心底不思議だというように首をかしげた。

確かに彼が竜であったなら、マグマがかかることなど水浴びとそう変わらないのだろうが。

でも私は違う。普通に燃えて普通に死ぬ、ただの人間に過ぎない。

死にに来たのに今更怯《おび》えるなんておかしな話だと思いながら、私はおどおどと返事をした。

「そ、それはそうですが、人間は容易《たやす》く死にますので」

「ああそうか。人とは容易く死ぬんだったな。だが心配はいらない。俺の涎《よだれ》を浴びたからには、そう簡単に傷つけられはしない」

男の言葉には、信じられないようなキーワードがいくつも含まれていた。

簡単には傷つかないということはどういうことか。いや今はそれよりも。

「涎……?」

全身ぐっしょりと濡《ぬ》れた体を見下ろす。体中を覆っていた粘液の正体に、ようやく察しがついたからだ。

困惑した私は言葉をなくした。

誕でもありがたいと礼を言うべきなのか、それとも不潔だと唾棄《だき》すべきなのかと。

「あの……」

「何だ？」

「本当にあの、我儘《わがまま》を承知で言わせていただければ……水浴びをしたいのですが……」

すっきりしたいという欲求に負け、怒りを買う覚悟で申し出た。

男は再び私の姿を見下ろした後、空中に目線を彷徨《さまよ》わせ思案顔をする。

「うーむ。確かに俺のものにしたからには、便宜を図ってやる義務があるか。多少面倒ではあるが……」

どうやらいつの間にか、彼の所有物になっていたらしい。彼は〝娶る〟という表現を使ったが、果たしてこの自称竜は、結婚をどういうものと捉《とら》えているのかということが少し気になった。人間の制度としてのそれとは、明らかに違った考え方をしていそうだからだ。特に、貴族として後継を残す義務として結婚を捉えている私とは、後々齟齬《そご》が生じそうなのは明らかだった。

そもそも竜の花嫁そのものが、形骸《けいがい》化したただの行事に過ぎない。

それはスレンヴェールでも共通の認識であり、それなのに生贄を出し続けるのは不毛で前時代的だという意見を唱える学者もいたくらいだ。

もし彼らの前にこの竜が姿を見せれば、例外なく驚き腰を抜かすに違いない。生活に根付いたささやかな魔法などと違い、竜は――特に七匹の竜は、一夜にして国を亡ぼすと言われるような規格外の、荒唐無稽《こうとうむけい》な存在なのだ。そんなことあるわけがないと、人々が考えるのもまた無理からぬことだった。

「み、身ぎれいにして、グリード様にお仕えしたく思います」

とりあえず小難しいことを考えるのは後にして、今は水浴びをしたくてこちらも必死だった。粘液の正体を知ってしまえば、すっきりしたくてたまらなくなる。けれどそれを正直に伝えることもできない。

「ふむ。なるほどいい心がけだ。我がしもべの願い、叶《かな》えるとしよう」

そう言うが早いか、男は私の目の前で存在がぶれて、一瞬にして竜の姿へと転じた。先ほど美しいと感嘆した、生ける宝石のごとき生き物だ。

しかし、竜は先ほどよりも少し小さいようだった。どうやら彼は、思うままに自分の体の大きさを変えることができるらしい。

『俺の背に乗れ。よきところに連れて行ってやる』

「は、はあ……」

困惑しつつ、よろよろと彼に近づいた。

その固そうな鱗《うろこ》に触れると、手についた涎がじゅうじゅうと蒸発する。

思わず飛びのくと、竜はそういえばとでも言いたげに呟《つぶや》いた。

『俺の鱗は、生き物が触れると腐る毒だ。まあ涎を浴びたお前は、腐りはせぬがな』

さりげなく、なんて危険なことを言ってくれるのだ。

どうやらこの竜には、歴史に伝わっていない特徴が色々とありそうだと思いながら、私はなんとか彼の背にまたがった。乗馬は淑女のたしなみだ。

鱗に触れた部分はじゅうじゅうじゅうと嫌な感触がするが、特に痛みは感じないので我慢するしかないだろう。

『それでは行くぞ。よく掴《つか》まっていろ』

言うが早いか、竜は大きな羽を開いてばさばさと羽ばたいた。火口の内部に、飛ばされそうな強風が巻き起こる。

私は彼の赤い体に、力いっぱいしがみついた。乗馬は得意だが、この状況はあまりにもそれとかけ離れている。前言撤回。淑女のたしなみでは太刀打ちできそうにない。

触れると腐るという鱗は恐ろしいが、それよりも吹き飛ばされてマグマの海に沈む方が今は恐ろしかった。竜の言葉の通り腐る様子はなさそうだし、今は気にしないことにした。

竜はその渦のようになった風に乗って、ものすごい速度で空に開いた穴から飛び出した。一瞬後に、世界中が見渡せるような光景が、私の眼下に広がる。

それは一度も見たことのない景色だった。

天地が逆転して、足の先に太陽があった。

見間違いかもしれないが、遠くに一瞬城の尖塔《せんとう》のようなものが見えた。それは本当にちっぽけで、今までどれだけちっぽけな世界で生きてきたのだろうという気持ちになった。

もっとずっと見ていたかったが、すぐに目を開けていることはできなくなった。すごい風圧で、本当にしがみついているだけで精一杯だったのだ。

『どうだ。すごかろう』

竜の声は誇らしげだった。

しかし風圧に耐えている私が、まともな答えをできるはずもない。

『ほうほう。感動に言葉をなくしているのか。そうだろうそうだろう』

もう何でもいいから、一時でも早くこの時が終わってほしいと願った。

＊

『着いたぞ』

竜の声に目を開けると、そこは森の中だった。

木々に囲まれた、透き通る碧《みどり》の湖。

「きれい……」

森の緑に染まる湖は、まるで竜の瞳《ひとみ》のように翡翠《ひすい》のように輝いていた。

生まれてから一度も王都を出たことのない私には、見るものすべてが珍しい。

『ほら、降りろ』

促されて、恐る恐る竜の背を降りる。

そしてふと雑草に埋め尽くされた地面を見ると、確かに彼の言っていた通り、その鱗が触れた部分の草は醜く腐り落ちていた。

彼が人間の姿になると、草が枯れた楕円《だえん》形の広場だけが残る。

私は自分の体にこびりついていた粘液を見つめた。

これを洗い流してしまったら、私もこの草のように腐り落ちてしまうのだろうかと。

「あの、グリード様」

「何だ?」

「その、ここで身ぎれいにしてしまったら、もうグリード様に触れることはできないのでしょうか?」

「は……?」

人になったグリードは唖然《あぜん》とした顔をしていた。

まるで時が止まったように動きすらも止めてしまったものだから、私は首をかしげながら彼が動き出すのを待った。

「何を言い出すかと思えば……」

そう言って、グリードは感情を抑えるように口を押さえる。怒ったのかもしれない。

「申し訳ございません。失礼を申しました」

彼の機嫌を損ねては大変だと、必死で謝った。

触れられなければ今後不自由があるかもしれないと思ったのだが、どうやら竜にとっては想定外の質問だったらしい。

「あの、わたくしをグリード様のものにするということは、しもべとして仕えよと言うことですわよね？　でしたら、失礼ながら触れられないと、今後その職務を全うするのに差し障りがあると思ったのです。決して他に意図があったというわけではなくて――」

必死で説明していると、連ねていた言葉は竜によって遮られた。

「分かった。そんなに慌てなくてもよい」

彼は頭が痛いとばかりに片手でこめかみを押さえると、顎《あご》をしゃくって湖に水浴びをしてくるよう指示した。

本音を言えば、宝石のように美しい鱗にはまた触りたいという下心もあったのだが、そんなことが知れれば更にグリードの怒りを買うに違いない。

宝石など見慣れているはずなのに、彼の鱗にはそれにはない生き生きとした輝きがあった。火山の中にあった時と、太陽の下では全く違う。目を回してよく見られなかったので、もっとじっくり鑑賞してみたかったのだ。

こんな気持ちになることは初めてで、私は自分自身の気持ちに戸惑っていた。

今まで宝飾品を見ても、財産としての価値と、自分を飾る物という認識しかなかった。それ自身の美しさより、それを用いてどうやって自分自身を引き立てるかということばかり考えていた気がする。

今思えば、傲慢《ごうまん》な考えだったのかもしれない。

美しくして王太子に気に入られる。童話に出てくる愚かな娘のように、それしか頭になかったのだ。

しかし両親への堪えがたい慕情をずたずたに引き裂かれた今となっては、そんなことはもうどうでもよかった。

まるで生まれ直したような気分だ。

日々に汲々《きゅうきゅう》としていたエリアナは一度死んで、鳥のように空を飛んだことで雑念が吹き飛んで新しい自分になれた気がした。火口に飛び込むまで世界は褪《あ》せた色をしていたのに、木々のざわめきや鳥たちのさえずり、吹き抜ける風やそれによって生まれる湖の小さな波が、どれもかけがえがないほど美しいものに思えて心を揺さぶった。

そして目の前の美しい竜にどうか気に入られたい。

私はそんな風に考えているようだった。ついさっきまでどうしようもなく彼を畏《おそ》れていたというのに、全く身勝手なことだ。

とにかく竜の言葉を彼に仕えることと解釈した私は、どうやって彼の機嫌を取ったらいいかと考えた。

王家に傅《かしず》いても、直接の主人を持って誰かに仕えた経験は一度もない。家庭教師《ガヴァネス》たちの授業も、女主人としての人の使い方は教えても、誰かに仕える時の作法なんて教えてはくれなかった。きっと王妃になるには不要な技能だと思われたのだろう。

なのでとりあえず、自分に侍《はべ》ってくれていた侍女たちを見習えばいいのかもしれないと思い直す。やっぱり、命じられるまで余計なことを口にすべきではなかったのだ。少なくとも公爵家の侍女たちは、私が何か命じるまで口を開こうとはしなかった。

私はその場に跪《ひざまず》き、グリードの審判を待った。

彼の機嫌を損ねたのならこの場で殺されても文句は言えないし、もともと私の生殺与奪権はすべて彼の機嫌一つで、もはや私が決めていいことなんて何一つないのだ。

「いちいち蛙《かえる》になるな」

そういえば、彼は私がさっき額《ぬか》ずいた時も蛙と表現したのだった。人間社会の礼儀作法は一切通用しないらしい。

私は戸惑いながら立ち上がった。こうする以外に、どうやって忠誠を表現すればいいか分からない。

人間に仕えたこともないのに、竜に仕えるのはなかなかに大変そうだ。

「もういい。別に不快なわけではない。その……そんなことを言ったのは、お前が初めてだから驚いただけだ」

心なしか、白いグリードの頬がうっすらと朱に染まっている。

暑いのだろうかとも思ったが、マグマのそばで平気で暮らしていた竜が光に当たったからといって暑さにやられるとも思えなかった。

先ほど心に決めたように黙って待機していると、グリードが焦《じ》れたように私に命じる。

「もうっ、いいから早く水浴びでも何でもしろ！　俺の涎《よだれ》を洗い流そうが、既に各種耐性の効果は付与されているから大丈夫だ！」

「か、かしこまりました！」

何やら、彼は焦っている様子だった。

もしかしたら暑いのではなく、日に当たるのが苦手な種類なのかもしれない。

だとしたら、私の我儘《わがまま》のせいでこんな場所に連れてきてもらって悪かったと、心の底から申し訳なく思った。

慌ててボロボロのドレスを脱ぎ始めるが、いつも侍女に手伝ってもらっていたので手間取ってしまう。特に今身に着けている純白のドレスは、簡素化されているとはいえ名目上花嫁衣裳《いしょう》なので、それ相応の装飾が施されていた。

じたばたと戸惑っていると、グリードが呆《あき》れたようにため息をつく。

「脱皮もまともにできんとは、人間とやらは随分と不自由なのだな」

「だ、脱皮ですか……」

まさかの言葉をかけられて呆然《ぼうぜん》とする。私が服を脱ごうと四苦八苦するさまがそんなにも見苦しかったとは。

いや、彼にとって脱皮は別に見苦しいものではないのかもしれないけれど。

「俺は用があるので少し離れるが、ここは人間や邪の者が近づけない森だ。安心して水浴びしていろ」

そう命じて、彼は素早く森の中に歩いて行ってしまった。

でき立ての主人がいなくなったので、私も慌てずゆっくりとドレスを脱ぐことにした。

それにしても、水浴びを所望したはいいが終わった後は何に着替えればいいのだろう。ついすっきりしたくて水浴びと言ったけれど、その判断は間違いだったかもしれないという考えが頭をよぎった。

それでも目の前に広がる透き通った湖の誘惑には抗《あらが》えず、私はその水に身を浸した。水は冷たいが、凍えるというほどではない。先ほどの山からそう離れていないから、地熱で温められているのかもしれない。

私は絡まった髪の毛を水でもみほぐしながら、これからは注意深くグリードの様子を窺《うかが》って、彼の好きなものや嫌いなものを見分けていかなくてはならないと決心した。

やるからには、しもべとしても一流を目指したいところだ。いつまでもたついて主人を苛立《いらだ》たせる使用人になるなんて、私のプライドが許さない。

言われてからやるようでは二流なのだ。言われる前に主人の意図を察して用意しておくのが、優秀な侍女というもの。

私は成り行きで仕えることになった主人のために、全力で尽くそうと決めたのだった。

＊

「全く、人間の娘とはみんなああなのか？」

生い茂る下草をかき分けながら、グリードは歩いていた。

ぶつぶつと悪態をつきながら、道なき道を進むその足取りに迷いはない。

「この体のいいところはむやみやたらに周囲の物を腐らせずに済むところだが、小さすぎて移動が手間だな」

本性が竜であるグリードは本来、動く小山のごとき大きさである。

しかしちっぽけな人間の娘を怯《おび》えさせないよう、今は人の姿を取っていた。

ついでに言うと、この森の主はグリードが本来の姿でやってくることにいい顔をしないのだ。辺りの植物を無差別に腐らせてしまうのだから、それも無理からぬことだが。

グリードは歩きながら、さてこれからどうしようかということに頭を巡らせていた。

白く光る髪に興味を持って、マグマに身を投げた彼女を助けたはいいが、それからどうしようということは特に考えていなかったのだ。

今まで——少なくとも彼が眠りにつく百年前までは、グリードは人間に畏れられる存在だった。だから向こうもあまり寄って来ようとはせず、時に勘違いした勇者とやらが退治に来たので容赦なく返り討ちにする程度の関わりしかなかった。

なのに眠っている間に、どうして生贄《いけにえ》をという話になったのか。

目覚めたばかりのグリードには、分からないことばかりだ。

彼は先ほど出会ったばかりの、白い髪の娘のことを思い浮かべた。白い衣装とベールを身に纏《まと》っていたので、彼女の中の色彩は弱々しく揺れる紫の瞳ぐらいのものだった。

話を聞いて、いらない命ならば自分がもらおうという安易な考えだったが、死なせないよう世話をするとなるとグリードにとっては分からないことだらけだ。

そして分からないからこそ憮然《ぶぜん》としてしまい、それによって彼女を威圧してしまうという悪循環だった。

別に彼女を辱めたり貶《おとし》めたりしたいわけではない。仕えたいというのなら好きにさせるつもりだが、今後二人だけで生活していくというのにはどうにも不安がある。

そういうわけで、グリードは人との付き合い方について尋ねようと、この森の主の元を訪れていた。

「俺だけでは面倒みきれんのだ。そう思うだろ？　ドライアド」

グリードの足が止まる。声をかけたのは、目の前の大木に対してだった。

何百年、あるいは千年以上生きているであろうその巨木は、空に何本も枝を伸ばし青々とした葉を茂らせていた。

「出てこい。ここで火を吐いてもいいんだが」

グリードがそう言うと、風もないのに枝が揺れ小さな葉が降り注いだ。

そして緑の雨に紛れるように、緑の肌をした美しい女が現れた。

『久しぶりに会ったと思ったら、随分じゃな強欲の竜』

裸足《はだし》でひたひたと歩くその人物は、緑の体に何も纏ってはいない。そしてその体には一切の性的特徴がなく、つるりとした肌の質感はどこか果実の薄皮にも似ていた。

女でも男でもない。それはただ人の形を模した何かだった。

「力を貸してくれ。どうせ見ていたんだろう？　ドライアドの、木々の王よ」

ドライアドというのは、樹木に宿る妖精《ようせい》だ。

美しい外見を持ち、時にその姿を使って人をさらうこともある。ならばこそ、人間に詳しかろうとグリードは考えたのだ。

『ドライアドの王たる儂《わし》に、人の世話をしろと？』

言葉に反して、その声には事態を面白がるような色が含まれていた。

ドライアドにとって人間は木を切る迷惑な隣人であり、ついでに言うなら木に引き込んで精力を吸う餌でもある。

それの世話を面白がるのだから、このドライアドだって十分変わっているとグリードは思った。寝床にしている火山が近いため自然と顔見知りになったが、草木を枯らしてしまう特性のため昔からそれほど親しかったわけではない。

ドライアドは、人間よりもむしろそれを世話しようとするグリードの態度を面白がっているのだろう。

「別にお前でなくてもいい。小間使いに若い苗木の一本でも貸してくれと言っている」

彼らの本体は木だ。そして木は地下の根を通じて意志を遠くまで伝播《でんぱ》させることができる。この王の宿る木こそ周辺に広がる森の主であり、森が始まる前の最初に生えた一本なのだった。

森とはそれ自体が一つの生き物であり、沢山の命を内包する母のような存在だ。他の森と比べてもこの森は竜の住む神秘の森とされ、人間も近づこうとしない。

そういう意味ではドライアドとグリードは共生関係にあると言ってよく、グリードは自分の願いは聞き入れられるだろうと踏んでいた。

だが、ドライアドの王はなかなかよい返事をしようとはしない。それどころかまるでグリードを嬲《なぶ》るかのように皮肉げな笑みを見せた。

『強欲の竜がドライアドに願い事とは。人に肩入れでもするつもりか？』

揶揄《やゆ》するような相手の言葉に、グリードの顔や手には赤い鱗《うろこ》が現れた。その爪は鋭く硬くなり、小さいが、十分な殺傷力を持つ凶器へと形を変える。彼の目の中にある虹彩《こうさい》が、いっそう縦長に鋭く尖《とが》る。

「図に乗るな。今すぐこの森すべて、腐らせてやってもいいんだぞ」

押し殺すようなグリードの声に、巨木の枝がざわざわと揺れた。周囲の木々が、不安に怯《おび》えるように葉を落とす。

『……分かった』

しばらく沈黙していたドライアドの王が、ため息のような声で言った。

そしてその声に呼応するかのように、巨木の根から一本の若木《わかぎ》が猛然と伸びてくる。若木は瞬く間に葉をつけ、一本の木になった。

その若木の中から、やがて王とそっくりの精霊が現れる。

『これは、我が分身。力は弱いが、人の世話ぐらいなら問題なかろう。我が眷属《けんぞく》ではぬしの威容に耐えられぬ。これで収めてくれ』

そう言い残すと、ドライアドの王は不機嫌そうに木の中に吸い込まれて消えた。

そして交代するように、生まれたばかりの若者が目を開く。

「なんなりとお申し付けください。強欲の王よ」

跪いたドライアドの若者にも、グリードはふんと鼻を鳴らしただけだった。

＊

慣れない一人での水浴びを終えて岸に戻ると、グリードは私の着替えを持った美しい女性を伴っていた。

「今日からこいつがお前の世話をする」

彼の言葉には、反論は許さないという断固とした響きがあった。

薄緑色の肌と髪をした女性は、人ではないことは明らかだ。というかたぶん、女性ですらない。つるりと平らな体にはどこにも女性特有のふくらみがなく、そして人の形はしているが洋服すら纏《まと》ってはいなかった。

だというのに特に恥じらう様子もなく、口元には慈愛に満ちた穏やかな笑みを浮かべている。

「え、でもあの、わたくしはしもべ……なのですよね？」

思わず問い返してしまったのは、使用人に使用人をつけるのはおかしいだろうと思ったからだ。

城には貴族の娘たちが行儀見習いとして勤めているが、そんな彼女たちにだってさすがに使用人はついていない。なぜなら彼女たち自身が王家に仕えるしもべであるのだから。

一体どういうことだろうかとすっかり驚いていると、その緑色をした女性が前に進み出て、にこりと眩《まぶ》しい笑みを浮かべた。

「はじめましてエリアナ様。私はドライアドの若木です。今日からあなた様にお仕えすることになりました。どうぞよろしくお願いいたします」

「ドライアド……」

それは、森に住む木々の精の名前だった。

知識としては知っていても、実際にこの目で見たのは初めてだ。

私の暮らしていた王都に、ドライアドはいなかった。それどころかどんな種類の精霊だって、見たこともない。

精霊を見るのには特別な才能が必要で、それを持つ人々はその力を借りて魔術師となる。城にも魔術師はいるが、彼らは絶対数が少なく滅多に会うこともない。

だがそんな私でも知識として知っているのは、精霊たちは人間を嫌う者が多く、滅多に人里には近づかないということだ。まるでこの森のような自然豊かな場所や、あるいは人の住めない荒野などにいるという。

そうかここは精霊がいる森なのかと、新鮮な驚きを感じた。

この森のすべてが鮮やかで美しく見えるのも、もしかしたらそこかしこに精霊の気配が漂っているからなのかもしれない。

改めてずいぶん遠くまで来たのだなと思いながら、私は目の前の美しい精霊を呆然《ぼうぜん》と見つめた。

「早く服を着ろ。病になどなられてはたまらん」

グリードの言葉に、私は自分が生まれたままの姿をしていたことを思い出す。心の中に若干の羞恥《しゅうち》が生まれた。侍女たちに裸を見られるのは慣れているが、さすがに殿方の前でそんな破廉恥なことはしない。

私が咄嗟《とっさ》に恥部を隠そうとすると、グリードはまるで興味ないとでも言いたげに、さっさと離れていってしまった。

ほっと安堵《あんど》しつつ、残ったドライアドを見つめる。

彼女――――と言っていいかは分からないが、精霊が自分の目にも見えるということが改めて驚きだった。

ドライアドは湖から上がろうとする私に手を貸すと、信じられないような力で私の体を引っ張りあげた。屈強な男性でも、ここまで力強くはないだろう。どちらかと言えば細身に見えるのに、やはり姿を変えても人とは違う身体能力を持つらしい。

彼女が手に持っていた布を広げると、それは柔らかい葉っぱのような素材で、簡素なワンピースの形をしていた。縫い目はなく、まるで最初から服の形をして生えてきたかのようだ。

そんなことあるわけないと思いつつ、グリードの言葉に甘えてその服を身に纏う。

葉はしっとりと柔らかく、だが不思議なことにさらりと乾いていた。強くこすっても、汁が出て体が汚れるということはない。

普段着ている服の下はいつもコルセットで苦しいほどに締め付けられているので、締め付けのないすとんとした服は軽く息がしやすかった。

「あ、あの……」

着替え終えると、私は笑顔のまま着替えを見守っていたドライアドに声をかけた。

「あ、あなたは服は着ないの？」

胸がないとはいえ、人の形をした彼らが身に纏うものもなく活動しているのを見るのは妙に気恥ずかしかったのだ。

すると彼女は、何も言わず不思議そうに首をかしげるだけだった。

「ええと、あなたが嫌じゃないのなら、できれば服を着てほしいの。その、本当に嫌じゃなければでいいのだけれど」

常識も何もかも異なる存在に強要するのはいけないと思いつつも、そう提案してしまったのは叩《たた》き込まれた礼儀作法のせいかもしれない。

人前で服を着るか否かなど、礼儀作法以前の問題のような気もするけれど。

すると彼女はにこりと笑って、その首元から私が着た服と似たような葉っぱの生地が生えてきた。葉は脇で繋《つな》がり、そのまますとんと下に落ちる。そしてあたかも私と同じ服を着ているかのような状態になり、思わず呆気《あっけ》に取られてしまった。

「おかしいですか？」

あまりにもじっと見つめ続けてしまったのだろう。またも彼女が首をかしげる。

彼女の目は白目のない透き通るような緑で、私は日の光を浴びた春の森のようだと思った。

「いいえ！　おかしくなんかないわ。素敵よ」

そう言うと、ドライアドは嬉《うれ》しそうに笑った。

「よかったです。それではこれからよろしくお願いいたします」

「え、ええ。こちらこそよろしく。わたくしもあなたに色々教わらなくちゃ」

「教える？　何をでしょうか？」

その言葉は、ドライアドにとっては意外なものであったらしい。

目を丸くする彼女に、私はほんの少しの情けなさを持って答えを口にした。

「わたくしは、その、こうして誰かに仕えられることには慣れているのだけれど、その逆はさっぱりなのです。でもこれからはグリード様に仕えるのだから、もっと色々なことができるようにならなければ。だから、あなたにも迷惑をかけると思うけれど、精一杯努力するから呆《あき》れないでちょうだいね」

私の答えに、ドライアドは不思議そうな顔をした。

けれどすぐさま破顔して、先ほどとは違う弾けるような笑みを見せたのだった。

「喜んで」

今まで友人と呼べる人もいなかった私は、彼女の自然な笑みを見てとても嬉しくなった。

思えば、私は周囲の使用人たちにも、そして立場を同じくする令嬢たちにも、いつも一線を引かれ遠巻きにされていたように思う。

他の貴族の令嬢たちは常に王太子の婚約者の座を競うライバル同士だったたし、父は私が使用人と親しくなることで世俗に染まるのを嫌った。

生まれた時から続いていた生活は時に、私をひどく孤独にすることがあった。

例えば雷の夜や、世界から音が消えたような雪の日に。

口に出すことのできない寂しい思いを、私はずっと胸に抱えて今日まで生きてきたように思う。

ああ――――今ならば言える。私は。

たとえ政略のための結婚でも、そのための偽りの婚約者であったとしても。

私は王太子に、愛されたかった。

妹に、婚約者は愛し合う相手ではないのにと建前では口にしながらも、本当は愛されたかったのだ。

できることならこんな風に、何のてらいもなく笑い合いたかった。唯一対等な相手として。

そうなれるのではないかとどこかで期待していた。だから婚約者の変更がすぐに受諾された時、どうしようもなく寂しかったのだ。

すっかり未練など捨てたと思ったのに、そう思うとどうしようもなく辛《つら》くなった。

かつての生活が、追い求めるばかりだった自分が、私の後ろ髪を引く。もう戻れないと分かっているのに、その場所の真ん中で、妹が笑っていると知ってるのに。

自分はこんなにも弱い人間だったのかと、改めて思い知らされた。

いつまでも諦《あきら》めることのできない。そして思い切ることのできない弱さ。

「どうなさいましたか？　エリアナ様」

そう言って、ドライアドは私の目尻《めじり》に溜《た》まった涙を拭《ぬぐ》った。

「いいえ。なんでもないのよ」

精一杯がんばったけれど、今はそう答えるのがやっとだった。

第二章　後悔しても遅いんです！

スレンヴェール王都、アスタリテ城上層階にて。

「アルヴィン様ぁ、会いに来ていただけないから、ルーナ寂しかったですわぁ」

飽和直前の砂糖水のような甘い声が、豪奢《ごうしゃ》でありながら上品なインテリアの室内に響く。

花のような薄紅色の髪に、透き通るような白い肌。目の大きな小動物のように愛らしい顔。公爵令嬢にふさわしい、贅《ぜい》を凝らしたドレス。

ルーナと自らを呼んだ娘は、潤んだ目をして自らの前で手を組んだ。まるで神に祈るように。

「ああ、すまなかったね。執務が忙しかったものだから」

彼女に相対しているのは、まるで童話に語られるような美男子だ。

輝くような金色の髪に、春の空のような青い瞳《ひとみ》。

事実、彼はこの国の王子だった。それもいつか王位を継ぐことが定められた、継承権第一位の王太子。

品行方正で姿がよく、なおかつ大貴族のリュミエール公爵家を味方につけた彼は、既に向かうところ敵なしだと言われていた。

「もう、アルヴィン様はいつもそればかり。ルーナは悲しゅうございます」

「本当に、申し訳ないと思っているんだ。今度時間ができたら、一緒にピクニックに行こうか」

「本当ですか⁉　ルーナ、楽しみにしておりますわ」

目に見えて表情をやわらげた少女は、満面の笑みで王子の執務室から出ていった。

顔に鉄壁の笑顔を張り付けていたアルヴィンは、扉の閉まる音を確認したのち執務机に崩れ落ちる。

「はあ……あんな能無しが俺の婚約者だって？　ありえない。ありえないぞ」

先ほどの優雅さはどこへ行ったのか、アルヴィンは地獄の底から響くような低音で自らの境遇を嘆く。

「失礼ですが、殿下が自らお決めになった婚約者ではございませんか。先に婚約者と決まっていた彼女の姉を、わざわざその地位から退けてまで」

近侍の平淡な声に、王子は乱れた髪のままで顔を上げた。

その顔には肉食獣のような険しさと、そして少しのバツの悪さが絶妙なバランスで同居している。

「責めているのか？」

「何を、とお聞きしても？　わたくしは真実を述べたのみでございます」

眼鏡をかけた若い侍従は、王子が唯一心を許せる相手だった。

だからこそ、アルヴィンが何に怒り何をやましく思っているのか、彼は的確に指摘することができた。

「仕方ないだろう。まさか婚約者を外されたことで公爵家の姫が竜の花嫁に立候補するなど、思いもしなかったのだ」

どこか拗《す》ねたようなアルヴィンの声は、まるで幼い子供のそれだ。

彼を知る者がこの光景を見たら、きっと驚いて目を剥《む》いたに違いない。

そう。アルヴィンは、王太子という地位を得るために優秀な王子という仮面をかぶり、常に周囲を欺いて生きてきた。

すべては腹違いの弟、第二王子であるステファンに勝つため。

国王の第一子でありステファンよりも年長でありながらも、アルヴィンにはどうしても安心できない理由があった。

それは母の出自の差。

ステファンの母は王の第一妃であり、リュミエール公爵家と双璧《そうへき》をなすグランスフィール公爵家の姫。

対してアルヴィンの母は、グランスフィール家よりも家格の劣る伯爵家の出身であった。

アルヴィンがどれほど己の行動を律して王太子にふさわしい行動をとったとしても、ステファンを次期国王にという声が城内から消えることはない。

なので彼が無事王位を継ぐためには、どうしてもグランスフィール家と同等かそれ以上の家から妻を迎える必要があった。

アルヴィンはそうした数少ない候補の中から最も王妃にふさわしいと思われるエリアナを選び、その後リュミエール公爵の願いによりルーナに鞍替《くらが》えし、エリアナを婚約者の座から突き落とした

のだ。

しかしここにきて、アルヴィンは己の決断を後悔し始めていた。

それは婚約者であったエリアナが、生きて帰ることのない竜の花嫁になったからではない。

リュミエール公爵がぜひにと差し出してきた下の姫が、あまりにも己の分を弁《わきま》えない奔放な姫であったからだ。

(そもそも、エリアナを婚約者に選んだのは高い家格もさることながらつつましいその性格があったからだ。なのに、エリアナの妹がまさかあんなにも奔放で身勝手な令嬢だったとは)

事前の調査で、ある程度の覚悟はしていた。

親しい侍従からもあの令嬢はやめるべきだという進言を受けてはいたが、将来妻の実家の言いなりにならないため公爵家に恩を売っておきたいと考えたアルヴィンは、リスクを承知でルーナを新しい婚約者として迎え入れたのだった。

しかしこのルーナは、愛らしい容姿だけではカバーしきれないほどの我儘《わがまま》な娘だった。

忙しいアルヴィンの元をたびたび訪れては、先ほどのように自分のために時間を割くよう要求してくる。

そしてそれだけに止まらず、あちこちの夜会で他の貴族と問題を起こし、ちゃくちゃくとアルヴィンの敵を増やしているのだった。

姉妹ならばそう変わらないだろうというアルヴィンの予想は、最悪の方向で裏切られたのだ。

「欲をかかずに、おとなしくエリアナを婚約者にしておけばよかったというのか。ついでに宮廷魔術師長の長期休暇で、陛下の機嫌は最悪ときた。そのせいで余計な仕事がこちらに回されてくるし散々だ」

「後悔なさっておいでですか？」

侍従の問いに、王子は答えなかった。

「後悔しても死者は生き返らん。あの女は死んだのだ。もう後戻りはできん」

アルヴィンの追い詰められた声が、執務室としては広い室内に響く。

賢明な侍従は何も言わず、黙って己が主人の顔を見つめていた。

王太子が婚約者に与えられた精神的な打撃から回復するのには、今しばらくの時間が必要だと思われた。

＊

私とドライアドは、言われるがまま竜の姿になったグリードの背に乗った。

事前にグリードはドライアドが腐ってしまわないよう、彼女に体液を分け与えたらしい。

竜の二人乗りは、一人で乗った時よりも負担が少なくて済んだ。

今度はドライアドがしっかりと両手を鱗《うろこ》に絡みつかせ、私をかばってくれたからだ。

それでも風圧がすごいのは変わらないので、私ももっと自分の手に力をつけなければいけないと思った。

辿《たど》り着いたのは火口ではなく、その山のふもとにあるグリードを祀《まつ》る神殿だ。

火口に飛び込む前に、私も一夜この神殿で過ごした。食事を抜いて禊《みそぎ》をし、世俗と永遠の別れを告げるのだ。

それがまさか生きたまま戻ってくることになろうとは。

神殿には、まだ神官たちが滞在した気配のようなものが色濃く残っていた。山を下りた後、彼らは一度この神殿に立ち寄ったのだろう。

なんだかとても長い時間が過ぎたような気がするが、ここを発《た》ってまだ一日しかたっていないという事実に驚く。

「いくら俺の加護を与えたとはいえ、ドライアドを火口に連れていくことはできない。今日からはここに住むぞ」

グリードの言葉に、私は戸惑った。

私に使用人をつけるという事情のために、彼を長く暮らした火山から移らせるなんてとんでもないことのように思われたからだ。

「グリード様。お気持ちは大変嬉《うれ》しいですが、火口に暮らせないというのなら使用人はいりません。グリード様が己の住みやすい場所で心置きなくお過ごしになることが、わたくしには肝要のように思われます」

するとグリードは肩を落として私を見た。

「おい。そう言ってくれるな。お前のために連れてきたドライアドだ。俺の加護を受けたからには、もう森に戻ることもできぬ」

私はとっさに、ドライアドの方を見る。

彼女は少し寂しそうに、それでも微笑《ほほえ》んでいた。

なんてことを言ってしまったんだろうかと、私の胸には後悔が押し寄せてくる。

グリードを優先させようと思うばかりに、たった今優しくしてくれたばかりのドライアドにひどいことを言ってしまったのだ。

「ドライアド、ごめんなさい……」

「いいえ。お気になさらないでください。グリード様を思ってのお言葉でしょう。私は気にしておりません」

「でも……」

「ええい、ぐだぐだ言うな。別に好きで火口に住んでいたわけではない。あそこならば何も腐らせぬし、静かに眠っていられるからいただけだ。人の姿ならば場所も取らぬし、ここでも問題はなかろう。だからこれ以上の反論は許さないぞ」

「はい……」

グリードに叱られて、私はうなだれた。

どうもちゃんと仕えようと思うあまり、やることなすこと空回っているような気がして仕方ない。

こんなことならば行儀見習いとして城に勤めておけばよかったと、私は心底後悔した。

王家には私が仕えるのに適当な姫がいなかったので、その機会がなかったのだ。後悔しても仕方がないと、分かってはいるのだが。

「とにかく、今日は休め。ドライアド、エリアナを頼んだぞ。俺は少し出かけてくる」

「かしこまりました」

「行ってらっしゃいませ」

神殿から出ていくグリードの背中を、私はしばらく見つめていた。

「姫様」

声をかけられて振り向くと、そこには美しいドライアドが跪《ひざまず》いていた。

「何かしらええと……」

「ドライアドです」

「でも、それは種族の名前でしょう？　あなたの名前は？」

私は何気ない気持ちで彼女に名前を尋ねた。

しかし彼女は、困ったような笑みを浮かべるだけだった。

「名前がないと、あなたを呼ぶ時に困ってしまうわ」

「何ぶん、株分けをしたばかりですので。お気になさらず、ドライアドとお呼びください」

よくは分からなかったが、とにかく彼女に名前がないのは確かということらしい。

「でも……」

それでは、例えば私のことを人間と呼び続けるようなものだ。

これから一緒にやっていくのだから、彼女には彼女のためだけの名前が必要だと思った。

「なら、あなたのことをジルと呼んでもいい？」

「それは……私の名前ですか？」

いつも微笑んでばかりの彼女が、目を丸くしている。気分を害したのだろうかと、私は慌てた。

「もちろん、気に入らなかったらいいのだけれど！　その、私だけでも、そう呼ばせてくれたらなって！」

なんとか取り繕おうとするが、失態を挽回《ばんかい》する言葉が見つからない。

本当に、自分はなんて口下手なのだろうかと嫌になる。黙っていることこそが美徳だと教えられてきたから、自分の考えを他者に伝えるのはどうしても苦手なのだ。

「嬉しいです！　ぜひ私のことはジルと」

よかった。どうやら彼女は気分を害したわけではないようだ。

私は心の底からほっと安堵《あんど》のため息をこぼした。

「よかった。私のことはエリアナと呼んで。これから仲良くしてね」

「はい、エリアナ様」

公爵令嬢としてではなくただのエリアナとして生きていくためには、どうもまだまだ覚えなければならないことが沢山あるように思われた。

＊

「まずは、人間に必要なものを買いに行くか」

翌日、寝起きにぼんやりとしていたら、やってきたグリードにいきなりそう切り出された。

「必要なもの、ですか？」

「そうだ。この神殿にあるものだけでは不自由だろう。俺にはよく分からんが、とにかく街に買い物とやらをしに行く」

どうやら、彼は買い物がどういうものか分かっていないらしい。無理もない。何せ彼は人間ではないのだから。

だが、実を言うと私も実際に買い物というものをしたことがなかった。

物を買ったことがないわけじゃない。けれどそのほとんどは出入り商人が公爵家に直接商品を持ってきてくれるので、街での買い物という行為をしたことがなかったのだ。

「わ、わたくしのことでしたら、お気になさらず。グリード様にお手数をおかけするわけには……」

「うるさい。ここまでしておいて、弱って死なれでもしたら困る。いいから黙ってついてこい」

別に買い物などしなくても、弱って死んだりはしないと思うのだが、とにかくグリードは買い物に行くと言って聞かなかった。

そう言われてしまっては、逆らうわけにもいかない。

私は本当にいいのだろうかと困惑しながら、ジルに手伝ってもらって身支度を整えた。

といっても、化粧品もないので服を着替えて、適当に髪をまとめてもらっただけだが。服は神殿に神官の予備のものが残されていた。少しかび臭いが、着られないわけではない。

いつも外出には沢山の準備時間が必要だったので、公爵令嬢をやめただけでこんなに楽になるのかと、私は心の中で喝采《かっさい》を送りたくなった。

いつも、コルセットを締める時は憂鬱《ゆううつ》な気分になったものだ。というか、普通の服がこんなに身軽だなんて、今まで知らなかった。

「それでは出かけるぞ」

神殿から出ると、太陽の光が眩《まぶ》しかった。

そして神殿の前にはなぜか、馬のついた無人の幌馬車《ほろばしゃ》が止まっている。

幌馬車の中をのぞき込んだ私は、思わず驚きに言葉をなくした。

農夫が使うような質素な馬車の荷台に、なんと金銀財宝が大量に積み込まれていたからだ。

一体どういうつもりなのかと、私は恐る恐るグリードに尋ねた。

「あの、この財宝はどうなさったんですか?」

「これか?　買い物とやらをするには、金が必要だと聞いたのだ。これだけあればさすがに足りるだろう」

私だって元公爵令嬢で常識知らずの自覚はあるが、さすがにこの金銀財宝がちょっとの買い物にはふさわしくないということぐらいは分かる。

家庭教師《ガヴァネス》による貨幣価値の授業では、金貨一枚もあれば平民の家族が、ひと月は不自由なく暮らしていけると言っていた。

「グリード様、その……こんなにたくさんお金を持って街に入ると、余計な厄介ごとを呼び込んでしまうかもしれません。もっと少ない量でよろしいのではないかと」

私が危惧《きぐ》しているのは、性質の悪い者たちに目をつけられてしまうのではないかということだった。市民が暮らす新市街の辺りにはスリや泥棒、それに酔って暴力をふるう荒くれ者などがいて、女性や子どもたちなど力の弱い者は一人では出歩けないのだと耳にしたことがある。

習った帝王学によれば、それは治安が悪い都市の特徴だった。だが、なぜ王都の治安が悪いのかという質問に、家庭教師は言葉を濁すだけだった。むしろこの話は他言無用と言われたので、王妃教育には必要のない項目だったのだろう。

その後、どうしても気になって城の図書館で調べてみると、ここ数年不作が続き、食い詰めた農民が職を求めて王都に集まっていることが分かった。

王都が高い塀に囲まれた旧市街から、その向こうの新市街までどんどん面積を広げているのも、単純に人口が増えたからということらしい。

旧市街の中心にある城から離れれば離れるほど、生活レベルは下がり治安は悪くなっていく。所詮《しょせん》は本で読んだだけの知識に過ぎないが、他にも貴族の令嬢は新市街に行くとそれだけでひどい目に遭うから絶対に近づいてはいけないと、家令には諳《そら》んじることができるほどに言い聞かされてきた。

グリードの言う街へ買い物というのは、そういう場所に行くということだ。

死を覚悟しておいて今更なんだと言われるかもしれないが、街に行くということが私には竜の山に登ることより恐ろしく思えた。

「余計な厄介ごと？　それは例えばどのようなことだ？」

「それは……」

しかし、知識としては知っていても、具体的に治安が悪いということがどういうことなのか、私には分からない。

なので、具体的にどういうことが起こるのかということもまた、詳しく説明することができなかった。

勉学に勤しんできた自分を誇りに思っていたというのに、私が学んできたことはちっとも実践的ではなかったのだ。

なんて自分は無知なんだろうと思う。

最も力を入れてきたマナーやダンスも、今になっては何も役に立たないのだから。

「分からないのか？」

「申し訳ありません」

グリードの問いに、私は情けなく思いながら頷《うなず》くことしかできなかった。

「なるほど。とりあえず、お前が箱庭で大切に大切に育てられてきたということは分かったぞ」

自分の役に立たなさ具合に、身が縮む思いだ。

役に立たないからとグリードに放り出されたらどうしようと、不意に不安になった。

彼がいなくなったら、世話役としてつけられたジルも私の元を去ってしまうかもしれない。

森の中で一人取り残されたら、どう考えても野垂れ死ぬこと請け合いだ。死ぬこと自体は恐ろしくないが、孤独の中苦しんでそれを迎えるのかと思うと寂しくそしてうすら寒いものが湧いてくる。

「い、今はお役に立てなくても、一生懸命学びます！　グリード様のお役に立ちます！」

気が付けば、私はそう大声で叫んでいた。

グリードもジルもぱちくりと、驚いたように目を見開いてこちらを見ている。

「いや、別に今更見捨てたりはしないぞ」

竜に宥《なだ》められて、一気に気恥ずかしさが湧き上がってきた。

感情を殺す術《すべ》なら嫌というほど学んできたはずなのに、グリードに見捨てられると思うと居ても立ってもいられないほど辛《つら》いと感じたのだ。

まだ出会ったばかりなのに、そう思うのはなぜなのだろう。

辛いところに優しくしてもらったからだろうか。

彼の優しさはぶっきらぼうで、ついでに言うなら驚かされてばかりだ。けれどそれは同時に今まで与えられたことのない類《たぐい》のもので、例えば彼が私に必要な物に頭を悩ませているのを見るだけで、冷たく凍っていた心がほろほろとほどけていくのを感じるのだった。

今まで押し付けられるばかりの人生を送ってきた私にとって、彼が与えてくれるもの、そして何が必要だと問いかけられること。それらはとても新鮮で、まるでくすぐったくなるような幸せに満ちていた。

あんなにも恵まれた生活をしていたと言うのに、例えば自ら喋《しゃべ》らない侍女よりも、性別のないドライアドのそば仕えの方が嬉《うれ》しい自分は、もしかしたらおかしいのかもしれない。

グリードと出会ってから新しい自分と出会うばかりで、親の愛情に飢えるだけだった私にこんな感情があったのかとひどく目新しく思えた。これからもっと新しい自分に出会えるのかと思うと、とても狭かった視界が、どんどん広がっていくようにすら感じられる。

「まあいい。金があり過ぎて困るということもないだろう。飛んでいけないのが面倒だが、とりあえずは乗れ。ジルは俺たちが帰ってくるまでに、このぼろい建物をもう少しまともにしておいてくれ」

グリードに命じられ、ジルはにこにこと笑顔で請け負っていた。

一人で大変なのではないかと思ったが、請け負ったということは何か秘策があるのだろうか。

私もすぐさま命令に従おうと、幌馬車の荷台に這《は》い上がろうとした。

いつも馬車に乗る時には踏み台が用意されていたので、それがないとなんともしづらい。

結局困ってうろうろとしていると、グリードの腕で荷台に担ぎ込まれた。

「きゃっ」

驚いて喉《のど》の奥から悲鳴が漏れる。

ついでに言うと、位置的にスカートの中が見えたに違いなく恥ずかしさで身動きできなくなった。

「馬を繋《つな》げるから、そこでおとなしく待っていろ」

だが、グリードはなんとも思っていないようだ。

私も気にするのはやめようと思い、改めて周りを見回した。今まで貴人が乗る豪勢な馬車にしか乗ったことがなかったので、底に板が張ってあるだけの幌馬車は物珍しく感じられる。

食材の納品にやってくる農家がそういえばこんな馬車に乗っていたなあとか思いつつざらついた木の板に触れると、やすりのかけられていないざらついた表面から飛び出したささくれが、指の腹に刺さった。

「痛っ」

突然の痛みに思わず呻《うめ》く。

刺さった棘《とげ》を抜いていいのかどうかと悩んでいると、グリードが呆《あき》れたように幌の中を覗き込んできた。

「さっきから思っていたが、本当にどんくさいな。人間とはみんなこうなのか？」

心底不思議そうに尋ねられ、恥ずかしさと申し訳なさで居た堪れない。

そして気付くのだ。

今までの生活は、小さな怪我もしないよう周囲によって細心の注意を払われていたのだと。

王妃になるためだけに、細心の注意を払って整えられたお人形。

親にまともに反対意見も言えないような私は、喩《たと》えるならそんな存在だった。そんな自分が憐《あわ》れだというよりも、今は情けないとすら思う。

グリードは乱暴に私の手を取ると、尖《とが》った爪で器用に私の指に刺さった棘を抜き出した。すると点のような小さな傷口から、ぷっくりと赤い血液がふくらみ出る。

貴族には庶民とは違う青い血が流れているなどと言う者もあるが、その皮膚の下は人間だれしも変わらないのだと、なんだか感慨のようなものを抱いた。

だがそこで、グリードは予想外の行動に出た。

怪我をした私の指を口にくわえ、その傷口を舐《な》めたのだ。

「何を……」

グリードは少しして指から口を離すと、まるで検分するかのように私の両手を掴《つか》まえじろじろと見始めた。

こんなこと、当たり前だが誰にもされたことがない。

しばらく耐え難い時間が続き、やがて気が済んだのかグリードは私の手を離した。

「俺の涎《よだれ》を浴びながら怪我をするなど許しがたい。白くて皮膚の薄い、怪我を知らぬか弱い手だ。これはなかなかに骨が折れるぞ……」

後半は私に言っているというより、どちらかというと独り言のようだった。

彼の言葉の意味を、私は非難されているのだと思った。農民や職人のように、私は手を汚して何かを作り出すような生き方はしてこなかった。むしろ、傷一つ作ろうものならまるでそれだけで私の価値が下がるとでもいうように、真綿にくるまれて暮らしてきたのだ。

外に出てこうして新たな価値観に出合い、私は初めて自分が息の詰まるような苦しさの中にあったのだと知った。

もう、両親や王太子の機嫌を損ねるんじゃないかと一挙手一投足に気を使わなくていい。自分の好きなものを持っていい。

そう思うとなんだかひどく、嬉しかった。

＊

どこから連れてきたのか、幌の外を見るとそこには馬が二頭繋がれていた。公爵家で飼われている乗馬用の馬と同じように、彼らは穏やかな目で私を見ていた。

動物は好きだ。人間とは違い素直だから。

「それじゃあ、出発するぞ」

そう言って、グリードは馬に繋がる手綱を引いた。

ぱかぱかと歩調を合わせ、二頭の馬はゆっくりと動き出す。馬車の荷台はがたがたと揺れた。幌の口から見えるグリードの背中はぴんと伸びていて、馬車は面倒だと言う割にどこか気持ちよさそうだ。

私はなぜかそれがとても羨《うらや》ましくなって、揺れる荷台で腹這いになりながらよろよろと進み幌から顔を出した。

「グリード様」

「何だ？」

「わたくしもそちらに行ってよろしいですか？」

お伺いを立てると、グリードは少し驚いたのか顔の半分だけこちらに向けた。そして這った姿の私を見て、口元を歪《ゆが》め視線を前に戻す。

「好きにしろ。ただし下手をして転がり落ちるなよ」

そう言いながら、彼は御者台の右に寄った。

私は意を決して、空いた左側にしがみつく。すると大きな馬のお尻《しり》が見えて、ふさふさの尻尾《しっぽ》がその歩みに合わせて呑気《のんき》に揺れていた。歩けて嬉しいのか、その尻尾の動きもどこか楽しげに見える。

馬のお尻なんて、まじまじと見たことはなかった。思わず笑ってしまう。公爵家にいた頃は、こんなこと何があっても許されなかっただろう。

しがみついた御者台からそっと体を持ち上げ、どうにかグリードの隣に座ることができた。空は綺麗《きれい》に晴れていて、吹き抜ける風が気持ちいい。

いつの間にか森を抜けていて、目の前には草原の中に細い道がまっすぐ続いていた。石のよけられた、おそらくは旅人のための道だ。そのずっとずっと向こうに、尖った城の尖塔《せんとう》が見えている。

「王都まで行かれるのですか？」

なんとなく、あの城に近づくと思うと身が竦《すく》んだ。

城を訪《おとな》うわけではなくとも、社交界にも公爵家にも、もう二度と戻りたくはなかった。

「飛んでいけるならそれもいいが、さすがにこの馬車では何日もかかる。それより、昨日飛んだ時上空から村が見えた。必要最低限を揃《そろ》えるだけならそこで事足りるだろう」

私が世界の広さに感動したり水浴びをしていたりする間に、グリードは私のために色々と考えを巡らせていたらしい。それがありがたくもあり、気恥ずかしくもあった。

自分のことなのに、私は生きていくためにどんなものが必要なのかという、当たり前のことすらきちんと考えてはいなかったのだ。

情けなくなって口を閉ざすと、すぐに会話は途切れてしまった。ぱかぱかと馬が呑気に足を進める音だけが、テンポよく耳の中に入ってくる。

ぽかぽかと温かい日差しと、心地いい風。

不意に眠気が襲ってきた。これからどうなることかと、昨日あまりよく眠れなかったせいかもしれない。

こくりこくりと舟をこいでいると、突然大きな手が伸びてきて私の顔をしっかりとした肩にもたれかけさせた。

「危うくて見てられん。支えててやるから少し寝るといい」

グリードがそう言うのと同時に、背中からも何かに支えられる感覚がした。驚いて振り返ると、人型のグリードの背中からいつの間にか羽が生えており、それが背もたれの役割を果たしているのだった。

私の方が仕えなければいけない立場だと言うのに、これだけ隙なく世話を焼かれては立つ瀬がない。

「そ、そういうわけにはまいりません。では荷台に戻ります」

睡魔と戦いながら精一杯そう訴えたが、グリードは呆れたようにため息をつくだけだった。

「荷台で転がってまた怪我をするのがおちだ。大人しくそれにもたれていろ」

こう言われてしまっては、言い返す言葉もなかった。現に私はついさっき、木のささくれで怪我を負ったばかりだったからだ。

ちなみに不思議なことに、グリードが舐めたからか血はすっかり止まり、更には傷口も綺麗に消えてしまった。彼の涎に加護の力があるというのは、どうやら本当のことらしい。

私はグリードの言葉に甘えて、少し眠ることにした。

目を閉じていると、グリードの羽から少しの温度と鼓動が伝わってくる。そのリズムがひどく心地よくて、私はすぐに眠りの渦に飲み込まれていった。

＊

嫁に来たという娘は、驚くほど無頓着《むとんちゃく》で無防備だった。

俺がいなければただ煮え滾《たぎ》るマグマの海に落ちて死んでいたはずの娘。うっかり助けてしまった命だ。なんとも妙なことになった。

エリアナは驚くほど非力で、放っておくとすぐに死んでしまうのではないかと心配になるほどだ。むしろ、俺に会う前はどうやって生きてこられたのだろう。自分では餌も取れなさそうだし、その細腕では襲い掛かってくる外敵を退けることもできまい。

俺が眠りにつく前、人間はもう少し逞《たくま》しかったように思う。

これは人間そのものが変わったのだろうか。それともエリアナが特別か弱い存在なのだろうか。

今も、隣で穏やかな寝息を立てる彼女を横目に、不思議な気持ちで馬車を進める。

どうして、出会って間もない俺を信用することができるのか。そして、欠片《かけら》も警戒することなく眠りこけることができるのか。

自ら促したとはいえ、俺は妙な気持ちだった。

昔の人間は、いいや人間でなくとも、生き物という生き物は俺を見て慌てふためき、そして逃げ惑うはずだった。

俺は食物連鎖の頂点で——別に食べなくても生きていけるが——肉食の猛獣ですら泡を喰《く》って逃げ出す。俺を見れば恐怖のあまり、強い雄ですら悲鳴を上げる。醜悪に腐り果てる草木に、戸惑い怒る。恐怖する。

それが、俺に向けられるはずの感情だった。

なのにエリアナは、俺の本性を知っているはずなのに逃げ出さない。

花嫁になると言ったのは戯れかと思ったが、どうやら本気らしい。

非力すぎて仕えてもらうにもまだ何もしてもらっていないが、彼女はとにかく俺の言葉に従順だ。

そして嫌々そうしている様子もない。ただ懸命に、環境に順応しようとしているように見える。本当に、森の中で俺の世話をして暮らすつもりのようだ。

人間の群れで暮らした方が圧倒的にいい暮らしができるだろうに、俺は不思議でならない。

一応世話役にドライアドをつけてみたが、そちらともなんとかうまくやっているらしい。

ぼんやりと、空に浮かぶ雲を見上げながら俺は思う。

竜とは孤独な生き物だ。

世界にたった七頭きりの竜は、番《つがい》を作らず群れることもなく、それぞれが距離を取ってばらばらに生きていく。

なぜそんな風になったかといえば、それは神の気まぐれとしか言いようがない。

もし俺たちが子をはぐくみ増えることが可能ならば、地上はあっという間に竜で埋め尽くされていただろう。

それを嫌ってか、他の竜の中には眷属《けんぞく》を増やしまるで人の王のように振舞う者もいるらしい。

眷属とは、竜の作り出す魔力の具現だ。竜が持つ膨大な魔力を用いれば、生き物を象《かたど》ったしもべを作り出すことは容易《たやす》い。

エリアナは気付いていないようだったが、今俺が操っているこの二頭の馬だってそうだ。

これは、俺が馬に似せて創造した生き物のうつし身。神が作り出す生命が実像なら、この者たちは地表に映った影のようなもの。

形は真似られても、命とは違うもの。

もし本当の馬を二頭連れてきたとしたら、彼らは俺に怯《おび》えてまともに歩くこともできなくなるだろう。

俺はそういう生き物なのだ。物心ついた時には既にこうだった。

だから、エリアナに色々としてやりたくなるのかもしれない。恐がられないのは初めてのことだから、物珍しいのだ。向こうが自分から離れていくまでは、これぐらいの気まぐれを起こしてもいいだろう。

どうせ俺の生きる時間からすれば、彼女の一生ですらほんの瞬きのような刹那《せつな》に過ぎないのだから。

＊

「起きろ。そろそろ羽を仕舞うぞ」

耳元で声がして、ゆるゆると覚醒《かくせい》した。

滲《にじ》む視界に、うっすらと小さな村が見えた。縄で結わえられた木の簡単な柵《さく》に、小さな家がいくつか。

神官がそっと耳打ちしてくれたのは、もしかしたらこの村のことかもしれない。不意にそんなことを思ったが、今更どうでもいい話だ。

普段は眠りが浅い方なのに、村に着くのに気付かないほど熟睡していた自分に私は驚いた。

旅の疲れが今頃出たのかもしれないし、グリードやジルのことで頭を使い過ぎたのかもしれない。

けれどこんなにぐっすり眠れたのは本当に久しぶりのことで、体の節々は痛んだが心はすっと凪《な》いでいた。

ベッドでもない場所で眠りこけるなんてはしたないとか、そんな余計なことを言う人はもう私の周りにはいないのだ。

柵が途切れた部分が入口だろう。

畑を耕していた村人たちが、私たちに気が付いたように顔を上げてこちらを見ている。

「あれまー、こんな村に神官様かい？」

グリードが馬車を止めると、そんな声がかけられた。

私が神官の服を着ているからだろう。どう答えようか悩んでいると、私より先にグリードが口を開いた。

「金ならある。食べ物を分けてもらいたい」

ぶっきらぼうなその言い方に、村人が目を丸くしている。

私は慌てた。多分、もっと友好的に事を進めた方がいい――――気がする。

「あ、あの！　旅の途中道に迷ってしまって、食料が尽きてしまったのです。大変申し訳ないのですが、皆さんの日々の糧を少し分けてはいただけないでしょうか？　お礼ならいたしますから」

私が慌てて言葉を足すと、村人の目は更に丸くなった。

そして、何だ何だと他の村人たちも、馬車の周りに集まってくる。

「がっはっは！　こりゃーご丁寧に。さすが神官様だわい」

村人が大笑いするのに釣られて、周囲の大人や子どももお腹《なか》を抱えて笑い出した。私は一体何がおかしかったのか分からず、馬車の上でおろおろしてしまう。

「ちょっと待っとけよ。村長に村の蓄えを分けてええか確認してくるでよ」

最初に声をかけた村人がそう言って離れていく。

他の村人は物珍しげに馬車や私たちを見つめてきた。一体何がおかしいのだろうと、こちらの方が首をかしげたくなる。

「何かおかしいか？」

またもグリードが不愛想にそう言うと、壮年の村人の一人がかかと笑った。

「気を悪くしたんならすまねぇ。二頭立ての馬車とは随分豪気だと思ってよ。なんなら食料とその馬を交換ってのはどうだ？」

「金はあると言ったはずだが？」

「金ったって、こんな辺鄙《へんぴ》な村じゃろくに使えんからなあ。馬と交換してくれるなら俺が村長にいいように言ってやるよ」

なんだか妙なことになりそうだった。

こういった辺境の村々は自給自足で成り立っていると知識としては知っていたが、まさかお金よりも馬の方を要求されるとは。

グリードは考えるように黙り込んだ。

決定権は彼にあるので、私ははらはらとしながら彼らのやり取りを見守る。

するとそこに、先ほどの村人が村長らしき老人を連れて戻ってきた。

「いやあこんな村にお客人とは。ようこそ歓迎いたしますぞ」

白い口髭《くちひげ》を生やした、好々爺《こうこうや》然とした人物だ。

「なあ村長。このお二人さんは食いもんが欲しいんだと。俺は馬と交換がいいと思うんだが、どうだい？」

先ほどグリードと話していた男性が、勝手に話を進めてしまう。

「ほほう。確かに立派な二頭立ての馬車だ。お客人、もしよければ馬と交換にしてもらえんか？何分辺鄙な村で、馬が一頭いればだいぶ助かるんだが」

村長もその気なようだ。

集まった村人たちは、わくわくと事の成り行きを見守っている。

すると、黙り込んでいたグリードがようやく口を開いた。

「これでいいのか？　だが、これはすこし他の馬と違うのだが」

「ほうほう」

グリードの言葉に、村民たちは興味深げに食いついてくる。

「まず餌がいらん。そして糞《ふん》もしない。何より種付けができない。それでもいいのか？」

彼の言葉に、その場にいた人々がぽかんとする。

かくいう私も、ぽかんとしてしまった人間の一人だ。

この世にそんな馬がいるだろうか？　少なくとも私は、見たことも聞いたこともない。

「何だそりゃ？　馬を手放すのが嫌で渋っとるんか？」

最初に馬がいいと言い出した男性が、気分を害したように顔をしかめる。集まった村人の中にも、剣呑《けんのん》な空気が漂い始めた。

どうなることかと、思わずグリードの服をぎゅっと握ってしまう。

「待て待て、神官様の前で事を荒立てるな」

そこに、村長が宥《なだ》めに入った。

「なあお客人。どうしても馬が無理なら儂《わし》たちも文句は言わん。儂らは知らんが、遠い異国には餌を食べん馬もいるのかもしれん。だが、金だと食料は少ししか分けられんがそれでいいかね？」

老人の言葉に、グリードは首を横に振った。

これ以上事を荒立てないでほしいと思わず目をつぶったが、彼が口にしたのは予想外の言葉だった。

「いや、それでもいいというなら馬と交換で構わない。悪いが頼めるだろうか？」

グリードの言葉に、村人たちがわっと歓声を上げた。

「ありがとうよ。お前たち手伝っておくれ。倉を開けて麦を出すんだ」

グリードの気が変わらない内にとでも思ったのか、そこから彼らの動きは迅速だった。

私が邪魔にならないよう馬車を降りて待っている間に、あっという間に荷馬車には二つほど大きな樽《たる》が運び込まれる。

だが、その時幌《ほろ》の中を見た村人の目の色が変わった。

自慢ではないが、長い間策略うごめく社交界を渡り歩いてきたのだ。だから、相手の感情の動きには人一倍敏感なつもりだった。そうでなければとっくにライバルの誰かに追い落とされていただろうし、一瞬とはいえ王太子の婚約者の座を得ることはできなかっただろう。

私は、どうして馬車を降りる前にあの財宝に布でもかぶせておかなかったのかと後悔した。あるいは、ポケットに収まるぐらいの黄金があれば、食料は手に入るとグリードに進言すべきだったのだ。

今となっては、全て後の祭りだが。

樽を運び込んだ男は、グリードに気付かれないようさりげなく馬車を降りた後、小走りで村長に何事か耳打ちしていた。

白い髭の村長は顔色こそ変えなかったが、その後他の男たちを呼び出し何事か指示を出していた。

――まずい。一刻も早くこの場を去るべきだ。

焦ってグリードの姿を探すと、彼はこの村に置いていく予定の馬の手綱を外し、その顔を優しく撫《な》でていた。

馬はまるで全てを受け入れているような穏やかな顔で、それが一層切なさを感じさせた。

私がいなければグリードは食料なんていらなかった。つまりあの馬を手放すこともなかったのだ。

村に残していく馬がどんな目に遭うのか、私は不安になった。

全ては私の杞憂《きゆう》ならいいのに。そう思いながら、我先に御者台によじ登る。

「グリード様、行きましょう」

できるだけ焦った調子にならないよう気をつけたつもりだが、その場の空気がピンと張り詰めたのが分かった。

村人たちは顔に私たちを出迎えた時と同じ笑顔を張り付けているが、今にも走り出せるよう体全体に力が入っている。

「ああ」

しかしそんなことはお構いなしで、グリードはゆっくりと馬車に歩み寄り優雅とも言える仕草でひらりと御者台に飛び乗った。

「行きますよ！」

私は村人たちの意表を突いて、自ら手綱を握り馬を走らせた。

これにはグリードも驚いたようで、後ろ手に体を支えながら驚いたように私を見ている。

「急にどうした？」

「早くしないと村を出られなくなります！」

私の言葉を証明するように、農作業で鍛えられた若い男たちが、すぐ馬車に追いすがって走り出した。

荷物を増やした上に馬を一頭減らした馬車は、来た時よりもどうしてもスピードが落ちる。

あまり無理をすれば馬に負担がかかってしまう。どうしようかと思いながら必死に手綱にしがみついた。

優雅に並足で走らせることには慣れているが、馬車の重みに振り回されないようにしながら男たちを引き離すのは至難の業だ。

若者たちの足は思ったよりも速く、そうこうしている間に馬車の後ろに取り付かれてしまう。荷台は一層重みを増し、馬が苦しそうにいないた。

「ふむ、これはもしかして、追《お》い剥《は》ぎというやつか？」

こんな時だというのにグリードは、腕組みをした上に優雅に足まで組んで、今何が起こっているか推測していたらしい。

驚くべきは、彼の肝の据わり具合とその体幹のよさかもしれない。

「寝ている間に少しは変わったかと思ったが、どうやら人間とは相変わらずのようだ」

グリードはそう呟《つぶや》くと、ピューと二本の指をくわえ指笛を吹いた。

すると背後から、とんでもないいななきが聞こえる。いいやもうこれはいななきではない。咆哮《ほうこう》と言っていいような轟音《ごうおん》だった。

「貸せ」

伸ばされた手に、反射的に手綱を渡す。

そして追っ手を確認しようとした私は、驚くべきものを見た。

先ほどまで馬だったものが、まるで小山のように大きくなり太い腕を伸ばしている。顔は馬で、体は巨人のようだ。

その太い腕は村の男たちを掴《つか》んでは放り投げ、やがて私たちに追いつき馬車に取り付いていた若者たちをも放り投げた。

馬車はそのまま、馬人間と化した馬を置き去りにしてでこぼこ道を疾走する。

震える手でそれでも振り落とされないよう、私は必死にグリードの体にしがみついていた。

村の人々の悪意が恐ろしかったのか、それとも突然現れた馬の化け物が恐ろしかったのか。

今の私には、その答えを出すことができなかった。

＊

「着いたぞ」

どこをどう走ったのか、気がつくと馬車は森の神殿に戻っていた。

ずっとグリードにしがみついていたので、それがどれくらいの時間だったかすら分からない。私は未だに震えている手を、努力してどうにかグリードの腕から引き剥がした。彼の服にはすっかりしわができていて、それが罪悪感を煽《あお》る。

「恐ろしいか？　俺が」

そう問われて、はっとして顔を上げた。

グリードは、相変わらず無表情だった。私にどう思われているかなんてどうでもいいのかもしれないし、あるいはもう人間に失望して私をも切り捨てようと思案しているのかもしれなかった。

他人の表情を窺《うかが》って生きてきた私ですら、彼の表情に潜む感情を読むことはできなかった。

それはそうだ。本体は竜なのだから、そもそも表情筋を動かすという習慣がないのだろう。

私は思わず言いよどんだ。

何を言ったところで、白々しく聞こえると思ったのだ。こんなにも震えていたというのに、ちっとも恐くないなんて嘘《うそ》でも言えなかった。

「少し……」

「少し、か？　もうそばにいたくなくなったのではないか？　あんな化け物を思いのままに動かす俺もまた、お前らの言うところの化け物だぞ」

そう断言された時の気持ちを、なんと言えばいいのだろう。

まるで心臓に、冷たい氷の欠片《かけら》が刺さったような気がした。

「わたくしは、そうは思いません」

気がつけば否定の言葉が口からこぼれ落ちていた。

対応を間違ったら大変なことになるかもしれないとか、そんな打算めいたことは何も考えられなかった。

ただただ、己を化け物と言うグリードが悲しかった。

「グリード様は、お優しい方です。できるだけわたくしの願いを叶《かな》えようと心を砕いてくださいます。化け物などではありません。それにあの、馬も……」

「あれがどうした？」

「人が欲をかかねば、最後まで馬として人と共存できたことでしょう。悪いのは人間なのです」

目の前の金塊に目がくらんだ村人たちを悪いとは言い切れないのかもしれなかった。彼らは彼らで、金塊を見るまではただ親切に食料を分けてくれるつもりだったのだ。

決して裕福とは言えない村で、財宝を目の前に高潔であれというのは酷かもしれなかった。少なくとも私が先回りして布でもかぶせておけば、彼らも最後まで親切な村人として私たちを見送ってくれたことだろう。

だが、私はそんな彼らを悪だと断じた。

グリードがしたことは何も間違っていないのだと、そう伝えたくて必死だったのだ。

不思議そうに私の話に耳を傾けていたグリードは、何を思ったのか口元を少しだけ歪《ゆが》めた。

「お前は本当に変わった人間だな」

それがいい意味なのか悪い意味なのか分からなかったけれど、ずっと続いていた震えはグリードとの会話に夢中になったことで、気がつくとすっかり止まっていたのだった。

「いつまでそうなさっているおつもりですか？」

そこに第三者の声がかけられ、私は思わず飛び上がりそうになった。咄嗟《とっさ》にグリードから距離を取り、弾かれるように声の主を見る。

すると、そこに立っていたのは愛想よく笑うジルだった。

「申し訳ありません。無粋かとも思ったのですが、これ以上待っていると日が暮れてしまいそうでしたので」

彼女が言うように、木々の間からは橙《だいだい》の西日が眩《まぶ》しく照りつけていた。風も冷たくなっていて、このまま外にいるのは体にもよくなさそうだった。

だがそれでも、声をかけられてよかったかといえばそれは微妙なところだった。できることなら、自分で彼女の存在に気付きたかった。

私はあまりの恥ずかしさに身の置きどころもなく、体をできるだけ縮こませた。

グリードはジルの存在に気付いていたのか、相変わらずなんでもなさそうな顔をしている。

「留守番ご苦労だったな」

「ひどいですわグリード様。私がいない時にエリアナ様と楽しそうにするなんて」

ジルが非難めいた声を上げる。

楽しそうにしていたと表現され、私はより一層強い羞恥心《しゅうちしん》を感じた。

「何がひどいんだ？」

「それは、私がお二人の仲良くしているところを見るのが好きだからです。今度からは、私のいる時にイチャイチャしてください」

意味の分からないことを言い出すジルに、私はいっそ気を失いたくなった。

誰かに嘲《あざけ》られたわけでもないのに、どうしてこんなにも恥ずかしくやるせない気持ちになるのか。

「……お前は本当に、あの王の分身か？　姿は似ているが、中身は全く違うように思うのだが」

怪訝《けげん》そうなグリードの言葉にも、ジルは笑みを深くするばかりだ。その笑顔には迫力があって、喧嘩《けんか》をしているわけでもないのになぜだか敗北感を抱かせる。

「個体差です」

「そういうものか？」

「そういうものですよ」

「そ、それはそうと、早く中に入りましょ！　日が暮れてしまいます！」

いたたまれなさが限界に達したので、私は飛び降りるように荷台から降りた。ドレスを着ていない分身軽だが、エスコートされることになれた体はうまく衝撃をやり過ごすことができない。

すぐ近くにいたジルに抱き留められ、なんとか悲惨な事態にはならずに済んだが。

そして話がうやむやになったまま、私たちは神殿に入った。村で感じた恐怖よりも今は羞恥心からくる気疲れの方が多い。

こんなに誰かに振り回されるのは妹が相手の時以来だと思いつつ、恥ずかしいだけで不快ではないのが不思議だった。

そして、こわばっていた心もジルのおかげですっかりほぐれている。

きっとこの会話がなかったら、私はいつまでもあの村でのことを気にし続けたことだろう。

なんだかふとおかしくなって、私は思わず笑い声を上げてしまった。

そんな私を怪訝そうに二人が見るものだから、してやったりという気がして気分がよくなった。

*

神殿の中は、とても綺麗《きれい》に掃除されていた。

埃《ほこり》っぽくかび臭かった室内が、すっかり清潔で居心地のいい部屋へと変化を遂げている。

「すごい！　ジル、これあなたが一人で？」

驚いて思わず彼女を見ると、ジルは誇らしげに胸を張った。

「ありがとうございます。頑張った甲斐《かい》がありました」

頑張ったとかそういう次元ではない気がする。

一時的に滞在するために建てられた神殿とはいえ、部屋の数もおそらく五つほどはある。他にも厨房《ちゅうぼう》や使用人用の小部屋があり、まさかそれらの掃除を一日で済ませてしまうなんて思いもしなかったのだ。

「別に驚くことはない。ジルは精霊だ。この辺りの木の力でも借りたんだろう」

なぜかグリードが面白くなさそうに言った。

「あら、どういう意味でしょう？」

「そのままの意味だが？　その程度を誇ることもあるまい」

ジルは笑顔のままだが、なぜか二人の間に不穏な空気が流れた。

グリードも短い間だがこんな難癖をつけるような性格ではなかったはずだ。一体何が彼の気に障ったのだろう。

「ふふふ、今のところ私の方が間違いなくエリアナ様を喜ばせていますね。それが気に入らないのですか？」

「そんなはずがあるか！」

ジルは私付きの使用人なのだから、もし何かあったら主人である私が守らなければいけない。

そう思っていつでも仲裁に入れるようにと、私は決死の思いで身構えた。

人である身で竜に逆らうなんて馬鹿げたことだと分かってはいるが、私に優しくしてくれたジルを、見捨てるなんてとてもできない。

しかし結局のところ、私の決意は無駄なものとなった。

ジルは笑いを収めると、いつもとは違う低い声でこう言った。

『山の中に百年もこもっているから、そんな風に世間知らずになるんだ。グリードめ』

「ジル……?」

その言葉は、とてもジルのものとは思えなかった。

まるでジルの口を借りて、全くの別人が喋《しゃべ》っているように思えた。

「ドライアドの王か。悪趣味だな。のぞき見とは」

どうやら、先ほどの笑い声もジルではなくそのドライアドの王のものだったらしい。

突然のことだったので、私は黙って二人のやり取りを見守るよりほかなかった。

『のぞき見も何も、この者とて儂《わし》の体の一部よ。この森のドライアドは皆、儂から派生した枝木にすぎぬ』

「うるさい爺《じじ》ぃだな。少しは黙っていろ」

『儂が爺ぃならお前は大爺だ。それにしても急に手を貸せと言ってきたかと思えば、面白いものを見せてくれる』

まるでからかうようなその声は、心底楽しそうだった。

『グリードめが人と暮らそうなどとは。こんな愉快なことは久しぶりだわい』

ジルの体を借りたドライアドの王は、意味ありげな含み笑いを見せた。言いたい放題の精霊に、グリードが反発する。

「黙れ棒きれが」

『ふふふ。儂が棒きれならお主は腐ったトカゲだな』

「減らず口の爺ぃが」

『その言葉、そっくりそのままお主に返す』

結局、またしても悪口の応酬が始まってしまう。

初めはおろおろしていたが、傍らで観察していると言葉はきついがグリードもどこか楽しんでいる気配があった。

裏を返せば、彼らは好き勝手言い合える仲ということなのかもしれない。

しばらくして暴言が尽きたのか、双方が自然に黙り込む。

一体どうなるのだろうかと不思議に思っていると、ドライアドの王が私を見てにっこりと笑った。

『さて、それでは今日はこれぐらいにしてやろう』

「おい、また突然出てくるつもりか？」

グリードが不機嫌そうな声を出す。

すると王は、そのほっそりとした緑色の指で王都とは違う方向を指さした。

『邪険にしていいのか？　お前にはいい知らせを持ってきたのだが』

「なら遊んでないで早く言えばいいだろう」

『爺ぃなものでな。まあいい。森に新たな人が来たようだ。それも、どうやら儂らの姿が見えるらしい』

ドライアドの言葉に、自然と体が硬直した。

竜が棲《す》むと言われるこの森に、スレンヴェールの人間が立ち入るわけがない。偶然迷い込んだ可能性もなくはないが、精霊が見えるということは魔術師かあるいはその素質を持った人間ということだ。

今日他人の悪意に晒《さら》されたばかりなので、今は精霊よりもむしろ人間の方が恐ろしく感じられた。

果たしてその人物は、一体何をしにやってきたのだろう。

「その人物の目的は一体……」

『さあな。儂には想像もつかんし興味もない。もちろん、森に危害を加えるというなら容赦はせんがな。お前に関係するかもしれんから一応知らせてやったまで。あとは好きにするといい』

そう言って、王はそのまま消えてしまった。

残されたのは、不思議そうな顔をしているジルだけだ。

「あら、お二人とも、何かございましたか？」

私とグリードは顔を見合わせることになった。

＊

翌日。

結局話し合いの末、ドライアドが指し示した方角へ行ってみることになった。

ちなみにジルは、今日も神殿で留守番だ。グリードは見張りのためだとか言っていたが、どうも昨日彼女の口を借りて喋ったドライアドの王に、やはり思うところがあるらしかった。

朝見てみると馬小屋には二頭の馬が繋《つな》がれていて、昨日の馬が戻ってきたのか、それともグリードがもう一頭をすぐさま用立てたのか、それは分からなかったし私も聞かなかった。

昨日の出来事は不幸な事故として私の中で収めどころがついていて、どうなったのかと詮索《せんさく》する必要もないと感じたのだ。

それに、竜に仕えるならばこれくらいのことには慣れていかないとと、少しだけ強がっている部分もあった。

「馬に乗れるか？」

グリードにあらかじめ確認されたので、私は頷《うなず》いた。

今日は森の中を行くことになるので、馬車は使えない。

私は習った通り横乗りで馬に乗ると、グリードに呆《あき》れたような顔をされた。

「それじゃあ危ないぞ」

「ですが、淑女はこうするべきと教わりましたので……」

今まで、その乗り方に疑問を持ったことすらなかった。足を開いて馬に座るなんて、とんでもないと躾《しつ》けられてきたせいだ。

「ジル」

グリードがその名を呼ぶと、どこから現れたのかすぐさまジルが現れ、しかもその手には例の葉っぱのような生地で作られた細身のパンツが握られていた。

「スカートも素敵ですが、こちらもお似合いになりますよ」

こうなってしまえば、私に拒絶する術《すべ》はない。一度神殿に戻ってワンピースからパンツと昨日拝借した神官の服を着てグリードの元に戻ると、彼は納得したように小さく頷いたのだった。

そこから、グリードの先導で昨日ドライアドの王が指し示した方角へと向かう。

ぱかぱかという呑気《のんき》な音は昨日と同じだが、すぐ触れ合えるほどの距離だった昨日ほどグリードとの距離は狭くない。

それがなぜか、少し物足りないようにも感じられる。

一方で、森の中を馬で歩くという行為は新鮮で、私は物珍しくあちこちを見回した。

火山に向かう時はなんとも思わなかったのに、今は木漏れ日や時折見られる動物たちが、新鮮で目に楽しい。

気持ち一つでこんなにも見え方が違うのかと、驚きすら覚える。

そして、私のそんな変化は周囲から見ても一目瞭然《いちもくりようぜん》だったらしい。

「そんなにきょろきょろしていると、馬から落ちるぞ」

グリードに指摘され、思わず顔が熱くなる。

「も、申し訳りません。は、はしたないですよね」

領地から王都に出て社交界にデビューすると、感情はできるだけ殺すよう言われるようになった。

生身の感情を見せて足元をすくわれるなと。笑うな。怒るな。泣くな。喜ぶな。

父の教えに、私は素直に従った。

公爵である父が言うのなら、それが正しいのだろうと思ったからだ。

実際、社交界で感情を大っぴらに表現する人間は嫌われた。そして嘘《うそ》をつけない人間も。

騙《だま》し合い欺き合い、だが表面上は笑顔で何事もなかったようにやり過ごす。それが貴族たちの世界。そしてその基本的な考え方だった。

「別に、はしたないなんて言っていない。ただ危ないと言ったんだ」

その言葉を聞いた時、ああこの人は――いいや人ですらない竜は、父とは違うのだと改めて思った。

そんなこと当たり前なのに、むしろ同じところなんて何一つないのに、なぜかそう強く感じたのだ。

そしてそのことが、どうしようもないほど嬉《うれ》しくて。

「ありがとうございます」

「礼を言うようなことじゃない」

グリードは不思議そうな顔をしていた。

だが、その顔がすぐに鋭いものに取って代わる。

「まずいな。近づきすぎた。まさか人間がこれほどまでに遮蔽《しゃへい》術に長《た》けているとは」

グリードの言葉の後半部分は理解できなかったが、ドライアドの王が言っていた人物までの距離が思っていたよりもずっと近いことが分かった。

私は手綱を引いて馬を止める。

同じように、グリードも馬の歩みを止めさせていた。そして素早い動きで馬の上から飛び降りると、近くに落ちていた枯れ枝を拾い上げ、なんの前触れもなくそれを進行方向に向けて勢いよく投げつけた。

一体何が起こっているのかと成り行きを見守っていると、思った以上に遠くへ飛んだらしい枝が落ちた茂みから、悲鳴が上がった。

「うわぁ！」

黒い小山のようなものが、茂みから飛び出してくる。

私は驚きながらも、馬がパニックを起こさないよう手綱から手を離さなかった。その点グリードが連れてきた馬はとても利口で、大きな音がしても身じろぎ一つしない。

昨日のことを思うと今またがっているのもあるいは馬ではないのかもしれないと思ったが、今はそんなことどうでもいいことだ。

それに、私はすぐにそんなことを考えている余裕はなくなった。

なぜなら、茂みから飛び出してきた小山に見覚えがあったからだ。

「まさか、クリス様ですの？」

「や、やはり！　あなた様はリュミエール公爵家のご令嬢、エリアナ・リュミエール様なのですね!?」

紫の髪に、同色の優しげな目。旅の途中だからか、整った顔立ちからは疲れが見て取れる。

だが彼こそ、大国スレンヴェールの国王に仕える最強の魔術の使い手。宮廷魔術師をまとめ上げるクリス・トワイニングその人だった。

「まさか、こんなところでお会いすることになろうとは思いませんでしたわ」

危険はないと判断し、私は馬を降りた。

するとクリスが駆け寄ってきて、両手でがしりと私の手を握る。

「ご無事だったのですね！　よかった。本当によかった……」

その感極まった様子に、むしろこちらが驚いてしまう。

宮廷魔術師長である彼とは、それほど深い関わりがあったわけでもないからだ。言葉を交わした回数すら、片手の指で足りるほどだと思う。

それでも、私の無事を喜んでくれる人がいたと思うと嬉しかった。

たとえそれがどんな理由であれ、自ら捨てようとした命を彼が惜しんでくれていたということだから。

だが、続いて彼の口から出た言葉は、更に驚くべきものだった。

「お探し申し上げておりました！　こんなに早くお会いできて本当によかった。エリアナ様。もしよろしければ私と一緒に――」

「おい！」

何かを言いかけたクリスだったが、話はグリードによって遮られてしまった。

「俺を置いて話を進めるな。この人間は、エリアナお前の知り合いということでいいのだな？」

「は、はい」

どこか不機嫌そうなグリードの問いに、私は気後れしつつ答える。

何もかもが突然すぎて、まだ状況を受け入れることができない。

すると今度は、クリスがまるで私をかばうようにグリードとの間に割って入った。

「エリアナ様。この者は何者ですか？　尋常ではない魔力の気配がいたします。気を許してはなりません！」

「クリス！」

どうやら彼は、ひどい誤解をしているようだった。

喉《のど》の奥から、思わず悲鳴のような声が漏れる。

グリードが気分を害していたらどうしようと、私は恐る恐る彼の様子を窺《うかが》った。すると予想に反して、彼はその顔に笑みすら浮かべて言った。

「ほう、人間の中にもまだそなたのような魔力を備えた者が生まれるのだな。本性まで見抜けずとも、我が魔力を感じ取ったこと褒めて遣わそう」

敵意を向けられているのに、グリードはどうやらクリスに感心していたらしい。

その口元から八重歯と言うのには鋭い牙《きば》までのぞいているから、私にはよっぽど機嫌がいいのだと感じられた。

私は彼に呆れられてばかりだから、そんな場面ではないというのについクリスが羨《うらや》ましくなってしまう。

「お前は一体……？」

警戒を解かないクリスに、私はグリードの正体を教えてあげることにした。

「クリス様。驚かないで聞いてください。彼こそ、あの火山に棲んでいた強欲の竜ですわ」

そう言うと、クリスが驚いたようにこちらを振り返った。その目は真ん丸に見開かれていて、そうしていると若く見えるなあと、私はそんなどうでもいいことを思ったのだった。

＊

「いやはや、それにしても驚きました」

クリスは、テーブルの上に素朴な素焼きのコップで何か飲み物を出してくれた。白い湯気をくゆらせているけれど、今までにかいだことのないお茶の香りがする。

「ありがとうございます」

宮廷魔術師長自らに給仕をさせてしまったことに恐縮していると、彼は気にしなくていいとばかりに柔らかく微笑《ほほえ》んだ。

ちなみにここは、クリスと遭遇した場所から少し行ったところにある彼の山荘だ。

王都では精霊の力をほとんど借りることができないため、クリスは時折ここに来て魔力を回復させているのだという。

実際、つい先日までここで長い休暇を過ごし、城に戻ってみたら私が竜の花嫁として出発した後で、大層驚いたと言っていた。

慌てて追いかけてきたところをドライアドに感知され、そして今日ようやく私を見つけたというわけだ。

「本当に、ご無事でよかった」

クリスは何度もこう言って、私の無事を喜んでくれた。

嬉しいのは嬉しいのだが、ここまで喜ばれてしまうと逆に気恥ずかしいというか、そもそもどうしてクリスがそんなに私のことを気にかけてくれるのかと、不思議にすら思えてくる。

彼がじっと見つめてくるので気まずい思いをしつつ、私は出されたお茶を口に含んだ。少し苦みのある、滋養を感じさせる味だ。飲みやすいとは言えないが、体が温まり少し疲れが取れたような気がした。

「こんなものしかなくてすいません。味はいまいちですが、薬草茶なので疲れには効きますよ」

そう言うと、彼は改めてテーブルの向かい側にある古ぼけたソファに腰かけた。ソファと言っても、おそらくは木組みに藁《わら》を敷き布をかぶせただけの簡単なものだ。向かい合う私とグリードが腰かけているものも似たようなもので、王に仕える宮廷魔術師長にしては随分と質素な別荘だと感じられた。

それでも石組みの古そうな家には木の戸が付いた窓が壁に一つずつあり、他にも備え付けのかまや調度品に見合わない立派な薬戸棚など、いかにも魔術師らしい雰囲気のする家だ。

三分の一ほどを飲んでコップをテーブルに置くと、私は姿勢を正してクリスを見た。

グリードの存在があるので時折その笑みが引きつるが、それでも彼が心底私の無事を喜んでくれているのは、どうやら本当のようである。

「クリスとやら。お前はどうしてエリアナを探しに来たんだ？　竜の花嫁とかいう馬鹿らしい風習は、スレンヴェール国の総意ではなかったと？」

馬鹿らしいと表現するのは、竜であるグリード自身が、別に生贄《いけにえ》など欲しがっていないからだ。

クリスは表情を引き締めると、まっすぐにグリードを見た。竜が人型をしているということに先ほどまで大層驚いていたが、今ではその事実を冷静に受け止めている。

さすが魔術師長まで上り詰める人は違うと思いながら、私は彼の返事を少しの期待を込めて待った。

――もし、両親が私を止めてくれと言って彼を遣わしたなら。

そんな、愚かしい希望を抱いてしまったせいだ。

親のことなどもうどうでもいいなどと思いながら、それでもわずかな希望にすがってしまうのは愚かとしか言いようがない。

クリスは一瞬だけ痛ましそうに私を見たあと、俯《うつむ》いて口を開いた。

「強欲の竜であるグリード様ご本人に、総意でないとは言いづらいです。確かに我が母国は、自ら立候補したエリアナ様を祝福して火山へと送り出しました。しかし馬鹿らしいとはひどいのではありませんか？　今まで幾人もの乙女があなた様に命を捧《ささ》げてきたはずだ」

やはりなと思いながら、それほどショックではないのが自分でも意外だった。

竜の花嫁行きを反対する人がいなかったということは、誰よりも私自身がよく知っていることだ。何を今更期待していたんだろうかと、思わず苦笑が漏れる。

それよりも今は、雲行きの怪しい二人のやり取りの方が気になった。

「そんなものは知らぬし、これからも欲しいとは思わん。花嫁などそう何人も娶《めと》るものではないだろう」

グリードがそっけなく言うと、クリスは驚いたように目を見開く。

「では、グリード様はエリアナ様を花嫁として遇するおつもりだということですか？」

「そのつもりだ。それよりも、さっさと俺の問いに答えろ。どうしてエリアナを追ってきたのだ」

「それは——私が彼女を追ってきたのは、私自身の事情でして」

「事情？　一体どんな事情でしょうか？」

私にはそれが気になった。

それほど深い付き合いもなかった彼が、どうしてわざわざ追いかけてきたのだろうか。

休暇中だったのかもしれないが、彼には大切な城でのお勤めがある。もし休暇が明けても城に戻っていないのだとすれば、それこそ大変な騒ぎになるだろう。

「それは……」

事情があるという割に、クリスの舌は滑らかとは言い難かった。一体何だろうかと首をかしげていると、やがて彼は意を決したように、膝《ひざ》の上の手をぎゅっと握りしめた。

「姫様、ずっとお慕いしておりました。どうか、私と一緒に逃げてくださいませんか？」

「え？」

　ここで、驚きの声を上げてしまった私を、どうか責めないでほしい。

　考えてみれば、異性から愛を告げられたことなど初めての経験だ。予想もしていなかったし、それにまさかこんな場面でという思いもあった。

「なるほど。貴様はエリアナに惚《ほ》れていると」

　グリードの冷静な口調に、思わず複雑な気持ちになる。

（花嫁にしてやると言ってくださったのは、本気ではないということ？）

　彼にとっては些細《ささい》な気まぐれかもしれなかったが、私にとっては人生を変えてしまうぐらいの大きな出来事だった。

　やっと、死なずにグリードに仕えることの喜びを感じ始めたところだと言うのに。

　彼は私がクリスとどこかへ行ってしまっても構わないのかと、つい恨めしくなってしまう。

　ジルを連れてきたり、人のための食べ物を調達したり、私を連れ歩くことが彼にとって負担になっていることは間違いない。

　けれどそうやって現実を直視することは、私の胸をひどく痛ませるのだった。

「突然、それも庶民出身の私からこんなことを言われても、戸惑われるだけでしょう……。初めはただ、そばに置いてくだされればいいのです。深く傷ついたあなたが、立ち直るお手伝いがしたい」

「はあ……」

　クリスは熱っぽく語るが、私にとっては「そんなことを言われても」という気持ちが大きい。

もう誰も、私を惜しんでくれる人はいないのだと思って、未練もなく王都を出たのだ。それがそばにいたいと言われたって、何で今更というのが正直な気持ちだった。

彼を、決して嫌っているわけではない。むしろ私とは違い、家柄もなく這《は》い上がったその才能を尊敬すらしている。

「あの、わたくしにそんなことを言ってくださるのは大変ありがたいのですけれど、クリス様には宮廷魔術師長としての責任と、お立場がございますわ。きっと王もお困りのはずです。城へお戻りください」

「それは、私の求婚を受けてはくださらないということですか？」

神秘的な紫の瞳《ひとみ》に悲しげな光が宿る。

年上の男性だと言うのに、そうしているとまるで子供のように見えるから不思議だ。

「受ける受けないという問題ではありませんわ。クリス様も知っての通り、わたくしは竜の花嫁となった身。たとえ生きていようとも、もう二度と王都には戻れぬのです」

身を捧げるはずの竜に命を救われたからといって、一体どれだけの人がその事実を信じてくれるのだろうか。

怖気づいたから戻ってきたに違いないと、悪く言われるのが関の山だ。

別に今更陰口を言われようがなんでもないが、グリードを置いて王都に戻ろうという気にはこれっぽっちもなれなかった。

もうあそこに、私の大切なものは何もないのだから。

「関係ありません。私はもともと庶民だ。魔術師長を辞して、在野で暮らしても構わない。蓄えならあります。不自由はさせません」

どう言ったら納得してもらえるのだろうと、私は困ってしまった。

私がもし自分を悲劇のヒロインだと思っていたなら、迎えに来てくれた彼に喜んで身を任せただろう。

けれど、私には彼が差しだすというものがどれも、魅力的には思えなかった。彼の献身やわざわざこの地まで追いかけてきてくれた情熱をありがたいとは思っても、だからといってグリードから離れるという選択肢はありえないのだ。

「ありがとうございます。一度は生きることを諦めたわたくしのような者には、もったいないお言葉です。けれどわたくしは決めたのです。救われた命を、今度はこのグリード様のために捧げようと。ですから……わたくしを思うのでしたら、どうか城へとお戻りになり、エリアナは死んだとお伝えください」

「そんな……」

クリスの悲しげな目に見つめられると、罪悪感で胸が痛んだ。

彼がどんな覚悟でさっきの言葉を口にしたのかと思うと、ありがたくそして同時に痛ましく思う。

「グリード様。エリアナ様のお話は本当でしょうか？　人の身で竜に仕えるのは大変なことと存じます。それに、エリアナ様には精霊を視《み》て魔術を行う力もないはず」

クリスの言葉は悲しいぐらいに真実だった。

もしクリスのような力が私にもあれば、もっとグリードの役に立てたのにと苦しい気持ちになった。

だが、そんな私の気持ちを見抜いたかのように、グリードは言った。

「そんなことは関係ない。エリアナは渡さん。求愛ならばいつでもできただろうに後になって惜しくなったか。欲しければ力で奪い取ればいいのだ」

グリードのあまりに好戦的な言葉に、私は絶句してしまった。

「な、何をおっしゃるんですか！」

人間が竜に挑むなど、あまりにも無謀なことだ。いくら断るためとはいえ、その言いようはあまりにひどいと思った。

だが、クリスはそうではなかった。彼は突然立ち上がると、腰に下げていた小さな杖《つえ》をグリードへと突きつけて言った。

「分かりました。それでは失礼ながら……私と勝負しろ。強欲の竜グリード」

「クリス様⁉」

驚いてクリスの顔を見れば、彼の顔には決意の色があった。

「姫様。この竜があなたを縛るというのなら、私は戦います。全身全霊をもって」

「無茶です！　そんな……今は人の姿をしていますが、グリード様は本当に竜なのですよ⁉」

穏やかそうに見える彼が、まさかこんなことを言いだすとは思わなかった。

おそらく私がグリードに脅されていると考えたのだろう。誤解を解くために言葉を重ねようとすると、立ち上がったグリードが任せておけとでも言うように私の肩に手を置いた。

だが、ちっとも任せていいことはなかった。

「面白い。その戦い受けて立とうではないか。卑小な人間が。太古の竜の力を知るがいい」

「黙れ卑怯《ひきょう》な竜め。エリアナ様を救うのは私だっ」

片や激しく睨《にら》みつけ、片や楽しげな笑みで相手を見返している。

私は頭を抱えた。

グリードはどう考えても面白がっているし、クリスはクリスでひどい思い違いをしている。

私は自らの意志でグリードに従っているというのに、彼にはどうしてもそうは思えないらしいのだ。

一体どうしたらいいのだとあたふたしている内に、彼らは示し合わせたように小さな家を出ていってしまった。

私はひどい虚脱感を覚えつつも、せめて最悪の事態になる前に彼らを止めようと、慌てて後を追ったのだった。

＊

「大丈夫か人間？　今ならまだ見逃してやってもいいのだぞ？」

「世迷い事を。私は必ず貴様からエリアナ様をお救いする！」

外に出ると、事態は悪化の一途を辿《たど》っていた。

先ほどまで歓喜に震えていたクリスの顔が、今は別人のように険しくなりグリードを睨みつけている。

今にも決闘を始めそうな剣幕に、私は血の気が引いた。

私は実際にグリードの竜の姿やその力の片鱗《へんりん》を目にしているので、まず間違いなく彼が勝つだろうと断言できた。クリスがどれほど才気《さいき》あふれる魔術師だろうと、伝説の竜に敵《かな》うはずがない。

このまま放っておけば、悲惨な結末になるのは目に見えている。私が生きていてよかったと言ってくれた人が、目の前でむざむざやられるところなど私は見たくなかった。

「二人ともおやめください！　クリス様、どうかお願いです。このまま何も言わず王都へ帰って」

だが、私の必死の叫びにも、クリスは首を縦に振ろうとはしなかった。

「いいえエリアナ様。あなたのいない王都になど、戻る理由はないのです」

「そんな……っ」

「黙っていろエリアナ。男が戦うと決めたのだ。邪魔だてするものではない」

この面白いおもちゃを奪われてはたまらないと言いたげに、グリードが言う。その態度が一層クリスの怒りを誘うのだと、分かっていて彼は言っているのだろう。

今までぶっきらぼうでも優しかったグリードが、どうしてここまでクリスとの戦いに固執するのか私には分からなかった。

彼にとって、人間など取るに足らない存在のはずだろう。ちっぽけな、足元の小石にも満たない存在。

小石を玩具《がんぐ》に遊ぶだなんて、人間なら幼子のすることだ。

「行くぞ人間！」

そう言って、彼は手の中に燃え盛る火球を発生させた。

赤い色彩を帯びたその弾は、まるで飛沫《しぶき》を上げるマグマのよう。もし少しでも触れてしまえば、無事では済まないだろう。

グリードはそれを、なんの予備動作もなく手のひらから発射させた。

目にも留まらぬ速さで、赤い弾がクリスへと迫る。

だが燃え滾《たぎ》る火球は、クリスに触れる寸前見えない壁にぶつかったかのように霧散した。驚いて目を凝らすと、杖をかざして呪文を呟《つぶや》くクリスの前には、薄い水の膜が張られている。

「ほう。さすがにこれだけではやられぬか」

「ぬかせ！」

クリスはそう叫ぶと、グリードとは対照的に水球を作り出しそれを発射させた。

ほとばしる水飛沫。

だが、グリードは避けようともせず、そして防御に少しの魔力を割こうとすらしなかった。

「グリード様！」

咄嗟《とっさ》につい叫んでしまう。

まさか――挑発して自分からやられるつもりだったのかと。

だが、それは杞憂《きゆう》だった。水球はグリードに直撃したが、欠片《かけら》も彼を傷つけることはできなかった。それどころか、グリードの纏《まと》う服が飛沫で濡《ぬ》れた様子すらない。

そこからは乱打戦になった。

様々な属性の魔術が飛び交い、時折それらの反発でより一層大きな爆発や爆音が発生したりした。

私は彼らを止めるタイミングを失い、それら人間離れした技の数々を唖然《あぜん》として見守っていた。

そして、どれくらいの時間が経過したことだろう。

今までの中で一番大きな爆発が起きて、それが近くに生えていた木を直撃した。ばらばらになった木の欠片が、凶器となってこちらに向かって飛んでくる。

逃げる時間など与えられなかった。あっという間の出来事だ。

死を覚悟して目を閉じたその時、風が起きて足元の感覚がなくなった。

いよいよ死んだのかと思ったが、いつまでたっても痛みがやってこない。

『なるほど、よく分かった』

すると、間近でグリードの声がした。聞きなれた声ではなく、最初のような直接頭に響いてくるような威厳のある声だ。

『お前が、危機に陥るとエリアナのことなどどうでもよくなってしまう男だということがな。それでどうして守るなどと口にできるのだ？』

目を開けると、少し離れた場所に呆然《ぼうぜん》と立つクリスと目が合った。

彼はグリードの言葉の意味を理解したのか、恥じ入ったように顔を紅潮させる。

「卑怯だ……こんな……っ」

そして私はといえば、小型の竜の姿になったグリードの前足に抱えられ、宙に浮いていた。

『そんな男にエリアナはやれんな。出直して来い』

そう言うと、反論は受け付けないとばかりにグリードは羽をはためかせ上昇した。あっという間に空に舞い上がり、クリスが豆粒のようになる。おかげで、もうその表情を確認することもできなくなった。

落ちたら死ぬ高さだが、不思議なことに驚きや飛んでいる恐怖よりも今は安堵《あんど》感の方が優っている。

それは、グリードが私を手放す気はないと知ることができた安堵感だった。

私にとって恐いのは、もう死ぬことよりもグリードから引き離されることになっていた。

短い時間しか共にしていないというのに、どうしてそんなにも彼のそばにいたいと願ってしまうのだろう。

不思議に思っていたが、しばらくしてそれどころではなくなった。

グリードはどうやらそのまま神殿に戻るつもりらしく、いつまでたっても降ろしてくれない。高度は下がるどころか上がるばかりで、ぞっと背筋が寒くなった。

そういうわけで私はしばらくの間、足をぶらぶらさせながら恐怖の空中散歩をする羽目になったのだった。

第三章　森での生活は前途多難

翌日、グリードの馬は何事もなかったように厩《うまや》に戻っていた。

そしてここ数日の無理が祟《たた》ったのか、私は熱を出してしまった。昨日冷たい風に長い間身を晒《さら》していたことも、無関係ではないだろう。無茶をし過ぎだとジルに怒られ、グリードは悄然《しょうぜん》としていた。

「忘れていた。人間とは脆《もろ》いのだったな。加護を与えたと思って油断した」

私の枕元で、グリードは少し落ち込んだようにそう言った。

「申し訳ありませ……」

口から出た声が思った以上にかすれていて、我ながら情けなくなる。

偉そうに仕えるなどと言いながら、これだけのことで熱を出し寝込んでしまうのだから。

「謝るな。余計に情けなくなる」

「申し訳あ……」

また謝ってしまっていることに気が付いて、私は途中で言葉を止めた。

グリードの眉間《みけん》にしわが寄っていて、彼がひどく何か考え込んでいるのが伝わってきた。そしてしばらくの沈黙の後、彼はおもむろに口を開いた。

「こちらこそ、すまなかったな」

「これは私が……」

「喋《しゃべ》るな。それにお前が熱を出したこともそうだが、それだけじゃない。お前に求婚してきた男の前から、勝手に連れ去ってしまった」

どうやら彼は、昨日のことを気に病んでいたらしい。

「そんなこと」

「お前にとっては、大事なことだろう」

この竜は、驚くほど強引なのに、時にこんなにも繊細だ。

「そんなことはないのです。私は何度も……断りました。グリード様のおそばから離れるつもりはありません」

喉《のど》が痛くて、それだけのことを伝えるのに随分と時間がかかった。

けれど思っていたことをようやく目を見て言えたので、私は満足だった。

「グリード様。あまりエリアナ様を喋らせないでください。喉をひどく痛めてらっしゃるんですから」

そこに、水の替えを汲《く》んできたジルがやってきて苦言を呈する。

グリードは昨日前足で抱えたまま私を連れ帰ってきたことで、彼女にひどく怒られていた。私には優しいのに、グリードに異様に厳しい気がするのはドライアドの王とグリードの仲があまりよくないのと関係しているのだろうか。

「喉……喉か」

そう呟くと、グリードは何かを思いついたように部屋を出ていってしまった。

彼が離れていくのは寂しいが、ずっと付き添ってくれとも言えない。

それからすっかり私は寝入ってしまって、目が覚めた時にはすっかり部屋の中が暗くなっていた。

どうやらもう夜らしい。

しばらくぼんやりしていると、霞《かす》む視界の中で部屋の入口から人影が入ってくるのが見えた。

「ジル……？」

気分はよくなったが、声の方はまだまだひどい状態だった。

これではまたジルにがっかりした顔をさせてしまうと残念に思っていると、霞んでいた視界がゆるゆると晴れてジルではなくグリードの像を結んだ。

「グリード、様……？」

戻ってきてくれたという喜びと、どうして何も言わないのだろうという不安がない交ぜになる。

暗い部屋の中で、彼は黙って私を見下ろしていた。その表情はよく分からない。

「これを」

ようやく喋ったと思うと、彼は何かを差し出してきた。

それは、折りたたまれた葉っぱだった。何だろうと思いつつ、仰向けのまま両手で受け取る。みずみずしい葉っぱはまるで摘んだばかりのようで、神殿の近くにこんな形の植物が生えていただろうかと首をかしげた。

「飲め」

「え？」

「いいから」

一瞬意味が分からなくて困惑したが、折られている葉っぱをほどいて納得した。折りたたんだ部分に、かすかに露のようなものが光っている。

水を汲んできてくれたのだろうかとぼんやり思いながら、その葉を顔の近くまで移動させた。

なんだかとてもかぐわしい匂いがして、ふわふわとした心地になる。

それにずっと眠っていたからか、ひどく喉が渇いていた。私は何の疑いも抱くことなく、葉を傾けてその露を口に滑らせた。

なんだか黄金色に光っていたような気もするが、きっと目が霞んでいるから見間違いに違いない。

更にはたったの一滴で喉の渇きが癒えたことも本来なら疑問に思わなければならなかったのだが、その時の私はただ幸せな心地に包まれていて、何一つ疑問に思うことなく再び穏やかな眠りの波に飲み込まれていった。

＊

「ちょっと！　何ですかこれ⁉」

ジルが甲高い声を上げる。

それもそのはずで、夕食を用意するため少しエリアナから目を離している間に、彼女が暗い部屋の中で全身黄金色に輝いていたのだ。これで驚かない方がおかしい。

「何とは何だ？」

グリードが気だるげにやってくる。

ふわわと無防備に欠伸《あくび》までしていて、ジルは呆《あき》れた。

「なんだ？　じゃないですよ。エリアナ様に何をしたんですか？　どうしてエリアナ様がこんなに神々しく光ってらっしゃるんですか！」

「ああそれは――ふわぁ……後でいいか？　疲れてるんだ」

欠伸をした拍子に、グリードの腰からずるりと尻尾《しっぽ》が生えた。

疲れているのは本当らしいが、それでジルが追及の手を緩めるわけがない。

「後でよくないです！　グリード様が何をしたかによって対処法が変わってくるんですから、ちゃんとおっしゃってください！」

ジルがせかすと、グリードは面倒くさそうに話し始めた。

「別に。喉が痛いというから、〝世界樹の露〟を飲ませただけだ」

この返答はジルにも予想外のもので、彼女は目を真ん丸にして現在の暫定主を凝視した。いいや正しくは、主の主なのだが。

そして彼女のその表情は、すぐさま男性的で訝《いぶか》しげなそれへと変わる。

『世界樹だと!?　世界の最果てにあるという伝説の木ではないか。まさかそれを……』

そんなジルを、グリードはいかにも面倒くさいと言いたげに睥睨《へいげい》した。

「また出てきたのか？　お前はそんなに暇なのか？」

『そんなことを言ってる場合じゃないわい！　この森から最果てまで飛んでいったって？　一日で往復⁉　何を考えとるんじゃ一体っ。世界樹の露といえば、使い様によっては死者をも蘇《よみがえ》らせると言われる幻の秘宝じゃろうが。それを喉が痛いから……喉が痛いからと』

最後には、ドライアドの王はへなへなとひざを折りその場に座り込んでしまった。

処置なしとばかりに頭を抱え、ジルのさらさらの髪を首を振ることでばさばさと振り回している。

「あまりうるさくするな。エリアナが起きる」

億劫《おっくう》さを隠そうともせず、グリードが言った。

『無理を言うな。これが驚かずにいられるか』

「世界樹の露がそんなに珍しいのか？」

『珍しい珍しくないというものではない。もしこれから人間と関わっていくというのなら、あまり簡単にそういうS級アイテムを持ち出してくるな』

「そんな珍しいものとは思わなかったんだ。回復魔法が面倒な時はよくそれでささくれを治していたし……」

『お前さん、まったくなんちゅー使い方を……』

長い付き合いではあるが、やはり竜は規格外だとドライアドの王は思った。

そしてその規格外の竜が、はるか世界樹まで飛んでいってしまう程度には人間の娘に執着しているという事実もまた、彼にとっては驚きだった。

『ふん、随分と大事にしているんじゃな』

「大事に？　何のことだ」

『その娘のことだ。昨日など求婚に来た若者を追い返していたろう』

「お前、知っていてやつの存在を教えたのか？」

あの魔術師が森にやってきたことを知らせに来たのは、このドライアド自身である。

グリードが剣呑《けんのん》な視線を向けると、ジルの体を借りている王は誤解するなとばかりに手を振った。

『知らん知らん。まあ、森に通ってくる変わり者の人間を、あわよくば追い返してくれんかと思ったことは否定せんがな』

そして実際、王のその願いは叶《かな》えられた。

グリードがエリアナを連れて飛び去った後、手負いの人間は己の家に戻ることなく、森の外へと去っていった。

その後その人間がどうしたかなど、王にとってはどうでもいいことだ。

「厄介払いにわざわざ俺を巻き込むな」

『おや、いいのか？　あの若者が例えばお前の知らんうちに姫さんに近づいて、奪っていったとしても？』

「はあ？　何を言って……」

『自分では分からんのか。面倒くさい竜だ。まあいい、儂《わし》の迷惑にならんうちは、ままごとでもなんでもするがよい。森は元来寛大なものだ。来たものは何でも受け入れる』

そう言ったかと思うと、ジルは目を閉じてその場に崩れ落ちた。

グリードは手を差し出し、彼女の体を支える。

王の気配は消えた。言いたいことを好きなだけ言って、今日はもう気が済んだらしい。

「何が言いたいんだ。あの爺《じじ》ぃは」

そうぼやきつつ、グリードはジルを部屋にあった椅子に座らせ、エリアナの寝顔を見た。

眠っている時も苦しそうだった寝息が、今は安らかなそれに変化している。どうやら世界樹の露は、一定の効果を発揮したようだ。

「本当に人間というのは、脆くて困る」

彼はうんざりしたように言いながら、部屋を出ていった。

ドライアドの言葉が妙に引っかかっていたが、そのことには気付かないふりをして。

＊

目が覚めると、昨日までの不調が嘘《うそ》のようにすっきりとしていた。

体が軽く、今だったらなんでもできそうな気さえする。

「お元気になられてよかったです」

ジルはそう言って喜んでくれたが、その笑顔が少し引きつっている気がするのは気のせいだろうか。

「ジルが看病してくれたおかげです。ありがとう」

「いいえ。お礼ならばグリード様におっしゃってください。わざわざ遠方までお薬を取りに行ってらっしゃったんですよ」

ジルの言葉に、私は驚いてしまった。

そう言われてみれば、夜中にグリードがやってきたような気もする。夢かと思っていたが、どうやら夢ではなかったらしい。

「それは、急いでお礼をお伝えしなければなりませんね」

それでなくても、クリスが私のせいで突然グリードに勝負を仕掛けたりと、謝ったりお礼を言わねばならないことがたくさんある。

仕えるという割に足を引っ張ってばかりの自分が情けなくなった。一体どんな顔をして、グリードと顔を合わせればいいのか。

落ち込み過ぎて猫背になっていると、ジルにぴしりと注意された。

「エリアナ様。落ち着いてくださいませ。まだお召し変えの途中ですよ」

むしろ、ジルはどうしてこんなに冷静でいられるのだろう。

そう思いつつ、私は身支度を整えたのだった。

＊

ジルに連れられるまま食堂へ赴くと、椅子に腰かけたグリードは不機嫌そうな顔をしていた。

「おはようございます。グリード様」

朝の挨拶《あいさつ》を口にすると、彼はおもむろに立ち上がり私に近寄ってきた。

何を言われるだろうかとびくびくしていたが、グリードはただ私の額に手を置いて熱がないか確かめただけだった。

「もう具合はいいようだな。喉《のど》はどうだ？」

「もうすっかりいいようです。遠方までお薬を取りに行ってくださったと聞きました。どうお礼を言ったらいいか……」

なんとか礼を述べると、グリードは一層不機嫌そうな顔になった。

彼はジルを睨《にら》みつけると、まるで地獄の底から聞こえてくるような低い声で言った。

「余計なことを。エリアナに知らせずともよかろう」

「エリアナ様のお礼ぐらい、おとなしく受け取ったらよいのではありませんか？」

ジルがにこりと笑ってグリードの威圧を跳ね返す。

すごい。人ではないドライアドという種族とはいえ、どうしてグリード相手にそこまで強く出られるのだろうか。

「あ、あのうわたくし、一体どうお礼をしたらいいか……」

身一つでグリードの元にやってきた私では、こんなにもお世話になっていると言うのに何のお返しもできないのだ。

そのことが情けなく、そして辛《つら》い。

だが、グリードは何を馬鹿なことをとばかりに、鼻を鳴らした。

「自分に仕えるものに、施しを与えるのは当然のことだろう。礼などいらん」

「そう言われましても……」

恐くなるのだ。私は今まで、見返りを必要としない関係など築いてはこなかった。王太子の婚約者の座が妹に移った途端、手のひらを返した友人たちのように、私の周りにあったのは損得を基本とする関係ばかりだ。

そして私自身も、そうだった。

自分が両親に認められたいからこそ、王太子の婚約者という地位を求めたのだ。

グリードが私に見返りを求めていないのは明らかだったが、私は彼に何かお返しをしたくてたまらなくなった。

価値がなければ、いつか見捨てられてしまうかもしれない。

きっと、そんな思いが胸の奥底に棲《す》みついているせいだ。

私は、何か自分にできることがないだろうかと必死に頭を働かせた。だが、グリードは見たところ財宝だって持っているし、馬なども自由に作り出すことができるようだ。

おおよそ不自由などしている部分が見当たらず、私は困り果ててしまった。

まあここでもし彼が財宝を求めたとしても、どうすることもできないのだが。

なんとなく消化不良のまま、私は食事を摂るため席に着いた。ジルがかいがいしく世話を焼いてくれる。

公爵家では一人で摂っていた食事を、グリードと向かい合って食べる。内容は公爵家のそれの方が間違いなく豪華なはずなのに、私にはこちらの食事の方がおいしく感じられるのはなぜだろうか。

食事をしながらどうやってグリードの役に立とうかと考えるが、なかなかいい案が思いつかない。

そもそも贈り物は相手の好むものを贈らなければ意味がないのに、私はグリードの好きな物すら何一つ知らないのだ。

「どうした？　難しい顔をして。食事が口に合わんのか？」

考え込んでいる間に、どうも眉間《みけん》にしわが寄っていたらしい。グリードの言葉を受けて不安そうな顔をするジルに、私は慌てて否定した。

「そんなことないです。ジル、すごくおいしいわ。限られた材料と設備なのに、いつもよくやってくれて感謝してるわ」

必死で言うと、ジルは胸を反らして誇らしげな笑みを浮かべた。

「ありがとうございます。エリアナ様に喜んでいただけて嬉《うれ》しく思います」

私はほうとため息をついた。

ジルは本当に立派だ。一人で掃除も食事の用意も何でもこなしてしまう。それに比べて私は、もう令嬢でもなんでもないというのにお世話になってばかりだ。

　このままではいけないと思い、私は気合を入れてグリードに向き直った。

「グリード様、お願いがございます」

「何だ？」

「わたくしもジルと同じように、仕事を与えてくださいませ」

「仕事だと？」

　思いもしなかったと言わんばかりに、グリードが目を軽く見開いた。

「何を言っている。エリアナは花嫁になるために来たのだろう？　花嫁とは眷属《けんぞく》とは違うだろう」

「確かにそうかもしれませんが、例えば庶民の家では嫁に入ると、夫の家の家事を担うものだと聞いています。大してお役には立てないかもしれませんが、わたくしはグリード様のお役に立ちたいのです」

　困ったと言わんばかりの顔をしているグリードに、私は必死で訴えかけた。

　このまま何もせずジルに面倒をみられているだけというのは、あまりにも情けなく肩身が狭い。今まで学んできた帝王学や歴史などはここでは全く生かせないだろうが、それならば新しい技能を身に着けるまでである。

　だが私のやる気に反して、グリードは緩く首を横に振った。

「ならん。少し空を飛んだくらいで体調を崩したのだ。恐ろしくてジルの手伝いなどさせられん」

「ですが！」

「俺の言葉に逆らうのか？」

グリードが翡翠《ひすい》の目を光らせた。

尋常ではない威圧感を感じ、体が動かなく、そして口を開くことすらできなくなる。

「グリード様。エリアナ様が怯《おび》えていらっしゃいます。人間が脆《もろ》くて弱いと言っていたのはご自分ではありませんか。本当にそう思うのでしたら威圧は自重なさいませ」

ジルの呆《あき》れたような言葉に、目に見えてグリードの表情も困ったようなそれに変わる。

同時に私も硬直から解放され、静かに息を吸った。

「お許しくださいグリード様。決して逆らうつもりなどなかったのです」

一体どうすれば、この役に立ちたいという気持ちを分かってもらえるのだろうか。私はグリードに必要とされたいのだ。だからこそ、何か彼のためになる仕事がしたいと思った。

ジルが、私を慰めるように肩に手を置く。

「姫様。私の仕事を取られるのは困りますが、何か他の安全な仕事がないか探してみましょう。幸いなことに、時間だけはたっぷりありますからね」

ジルの力強い言葉に、私はひどく慰められた。

そうだ、仕事がないのならば探せばいいのだ。

体を使うよりも、多分頭を使う仕事の方が自分には向いていると思う。グリードのために何ができるか考え始めると、とても前向きな気持ちになることができた。

「はい。わたくしは絶対に、グリード様のお役に立ってみせます！」

高らかに宣言すると、なぜかグリードは呆れたような目で私とジルを見ていた。

「勝手にしろ……」

その返事がなぜだかひどく疲れているように見えたのだけれど、一体どうしてなのだろう。

＊

だが、私の仕事探しはなかなかうまくいかなかった。

そもそも料理や洗濯などの家事の類《たぐい》はジルがなんでも完璧《かんぺき》にこなしてしまい、私が入り込む余地などなかったのだ。

なんとか手伝えないかと数日悪戦苦闘してみたが、私が手伝う方がかえってジルの負担が増えてしまい、遠回しに手伝いを断られるようになってしまった。

何せ洗濯すれば筋肉痛で動けなくなるし、料理をすればおいしくない奇妙なものができあがる。掃除をすれば転んで怪我をして、その上周りを散らかすような有様だったのだ。

私は自分が情けなくなった。

こんなにも、自分が何もできない人間だとは知らなかった。

わずかにあったプライドも粉々に砕けて、私はようやく自分がどれほど狭い価値観の中で生きていたかを知った。

勉強も礼儀作法も楽器の演奏も、どれほど家庭教師《ガヴァネス》に褒められたところで生きるためには何の役にも立たない。

　私が身を置いていた宮廷という場所はあまりにも特殊で、これから先生きていくのならば新たな技能を身につけなければならないだろう。

　けれど、まずは何よりグリードの役に立つことが先決だ。

　このままではらちが明かないと、私はグリードにもう一度希望を尋ねることにした。

　彼が望むものを知らなければ、とてもではないが彼の役に立つことなどできそうにない。

　グリードに尋ねると、彼はなぜかひどく不機嫌そうだった。

　私が失敗ばかりしていることに苛立《いらだ》っているのかもしれない。そう思うとひどく悲しい気持ちになった。

「あの、グリード様っ」

「何だ？」

　人の姿のまま、彼は祭壇に腰かけ捧《ささ》げものの葡萄《ぶどう》酒を傾けていた。神官たちが見たら目を剥《む》いただろうが、そもそもグリードを祀《まつ》るための祭壇なのだから問題ないだろう。それよりも今は、グリードの望みを聞くのだ。

「あの、グリード様の望みをお聞かせ願えませんか？　何か、わたくしでもお役に立てることがあるかもしれません。その……料理やお掃除ではお役に立てませんでしたが……」

　言っていて情けなくなった。

　ここ数日の私の空回りぶりを、グリードだって目にしたはずだ。

もしかしたら、私を助けたことを後悔したかもしれない。なんて、役に立たない女だろうかと。

するとグリードは、まるで凍り付いた宝石のような鋭い一瞥《いちべつ》を寄越した。

身が凍る思いがした。彼は何かをひどく怒っている。

「あの……わたくしはお邪魔ですか？　御不快でしたら、今すぐここから出ていきます！　二度とグリード様に姿を見せません。そのお怒りが鎮まるならわたくしは、もう一度燃え盛るマグマに飛び込んだって……っ」

頭の中でうじうじと考えていたことが一気に噴き出して、自分でも何を言っているのかよく分からなかった。

でも、唯一私が生贄《いけにえ》として死ぬことを止めてくれた人――竜に、疎まれることだけはどうしても避けたかった。

もうそれしか、考えられなくなっていた。

グリードは立ち上がると、つかつかと私に歩み寄った。

息をすることすら憚《はばか》られるような、緊張感に身をこわばらせる。

鋭さを増した翠《みどり》色の目を見ていると、まるで魅入られたような気持ちになった。

このまま何も考えられなくなって、この苦悩から逃げ出せたらどんなに楽だろう。

「どうしてそうなる」

押し殺した声には、隠しようのない怒りが潜んでいた。

「お前は俺のしもべだというのに、勝手に死ぬことが許されるとでも思っているのか？」

小さな問いかけに、ためらいながら首を振った。

ためらったのはしもべが嫌だからではない。

人の形をした竜の迫力に、本能的な恐怖を捨てきれずにいたからだ。

この人に必要とされたいと思う一方で、私は彼を畏《おそ》れている。

ねずみが猫を恐れるように、それは本能に刻み付けられたどうしようもない感情だった。

「俺が恐いか？」

気づくと、私は壁際まで追い詰められていた。

グリードが尖《とが》った牙《きば》を剥き、私の震えを見咎《みとが》める。

彼に失望されるようなことは何もしたくないのに、極寒の地に放り出されたような震えを止めることはできなかった。

「そっ……そんなことないです」

「嘘《うそ》をつけ。震えているだろう」

「そんなことな――――……」

「あるだろうが！」

グリードは突然叫ぶと、私の腕を強く握った。

まるで腕が、握りつぶされてしまいそうな痛み。

私は悲鳴をかみ殺した。

愚かな私には、当然の罰だ。

グリードの気が済むのなら、どんなことにだって耐えようと思った。

「たとえ腐らなくとも、同じ人の形であろうと、お前は俺が恐いのだ。そうだろう？」

グリードの問いかけには、怒りの中に一滴の悲しみが混じっているように思われた。

どうしてそう感じたのかは分からない。

細い瞳孔《どうこう》が、ほんの少しだけふくらむ。

私は追い詰められていた。

否定したいが、震えは止められない。それに礼儀と建前ばかり叩《たた》き込まれた私の言葉では、何を言っても白々しく聞こえてしまうだろう。

どうすれば彼の憂いが拭《ぬぐ》えるだろうか。その怒りを鎮められるだろうか。

今は腕の痛みよりも、その一滴の悲しみのことで頭が一杯になってしまったのだった。

だから、捕らえられていないもう一方の手をグリードに伸ばした。

その肌は、人と同じでほんのりと温かい。

「恐くないといえば、嘘になります。でもわたくしは……」

知らなかった。言葉とはこんなにも役に立たないものなのか。

日常使われなくなった古い言い回しまで勉強していたって、こんな時に相手にかける言葉が何一つ見つからないのだ。

だから言葉の代わりに、私はグリードに口づけした。

その鋭い牙に。

震えは止まらなかった。

でも、恐くても近くにいたいという気持ちがあるのだと、私はこの時初めて知ったのだった。

グリードは驚いていた。

目を真ん丸に見開き、限界まで近づいていた私と慌てて距離をとった。

「……なぜこんなことをした」

心底不思議そうなその声に、緊迫した空気がほどけるのを感じた。

よかった――グリードは怒っていないようだ。

「申し訳ありません」

「謝れと言ったんじゃない。どうしてあんなことをしたのかと言っている」

どうしてだろうか。

私は自分で自分に問いかけた。

奇をてらって窮地から脱したかった？　だとしたら、その思惑は一応成功である。

けれど私は、そんな理由で自らキスを迫るようなはしたない女ではないはずだ、多分。

貴族の恋愛の場、社交場ではいつも気を張っていたので、誰かとかりそめの恋に溺《おぼ》れるようなことはなかった。

頬にする親愛のキスには慣れているが、今グリードに送ったそれは明らかに意味合いが違う。違いすぎる。

「恐くないと、お伝えしたくて……」

「恐くない？　実際震えていたではないか」

ようやく自分のペースを取り戻してきたらしいグリードは、私を警戒するようにちょうど二歩分の距離を空けて言った。

震えは消えたが同時に心細くなって、思わず祈るように己の手を組む。

「お許しください。いつ食べられてもいいと覚悟はしておりますが、それでも本能に逆らうことはできません。今後は震えぬよう気を付けますから、どうかお怒りをお鎮めになってください」

私も余裕が出てきたので、言葉を尽くしてグリードの許しを請おうとする。

「たっ、食べられてもいいとか言うな！」

グリードは己の顔を覆って、さらに二歩ほど後退した。

合計で四歩も空いてしまっては、さすがに会話をするのには少し離れすぎだ。

距離を詰めようと、壁際に追い詰められていた私は二歩前に進み出た。

「でも、本当のことです。私は一度死んだ身。グリード様に尽くすこと以外生きる意味はありません。だからどうか、私のことをお見捨てにならないでください！」

興奮して、更に一歩前に出る。

まるで逃げるように、グリードはもう一歩後退した。

「見捨てるとか誰も言ってないだろうが！　だから落ち着け！　分かったから！」

自分でも意図しないうちに、どうやら私はグリードに歩み寄っていたらしい。

これ以上近づけないよう両肩を掴《つか》まれたことで、自分がどれだけはしたないことをしていたのかようやく気付く。

「も、申し訳ありません!!」

気付いてしまえば、もう耐えることはできなかった。

体の奥底から、どうやら休憩していたらしい羞恥心《しゅうちしん》がこみ上げてくる。

グリードを恐怖していた時とは比べ物にならないほどがたがたと、体が震えた。

こんな状態で、これ以上自分の浅はかな部分を見られ続けるなんて考えられない。

「失礼しました!」

反射的に、私は祭壇のある部屋を出た。

幼い頃から走るなんてはしたないと窘め続けられてきたので、随分不格好な動きだったことだろう。

それでも私は、背中を向けてグリードから逃げ出した。

*

「おい!」

一方でグリードはと言えば、先ほどから迫ってきたり逃げたりと忙しい己のしもべにすっかり振り回されている。

するとそれまで全く意識しなかった方向から、くすくすと小さな忍び笑いが聞こえた。

「構ってもらえないからといって、八つ当たりなどするからですよ」

偶然通りかかったらしいジルは、そう言っておかしそうに笑っていた。

その容貌《ようぼう》はドライアドの王と全く一緒なので、グリードはまるで古い知り合いに笑われているような羞恥《しゅうち》を覚える。

エリアナと出会ってから、こんなことばかりだ。何一つ思うようにいかない。あんなに非力な存在に、すっかり振り回されてしまっている。

グリードは、エリアナを意図して救ったわけではなかった。

ただ綺麗《きれい》なものが落ちてきたから、本能に従って反射的にくわえてみただけなのだ。

結果的にそれは人間で、グリードは一度助けたからにはと彼女の世話をすることになった。

しもべとは言ってみたものの、永く一匹きりで暮らしていた彼は生き物をそばに置いておくということに慣れていない。

グリードが何の対処も施さなければ、地上の生きとし生ける者たちはグリードのちょっとした動作で簡単に死んでしまうものだからだ。

（そうだ。だからずっと、火口で眠っていたのに）

エリアナは、竜の花嫁という名の行き場のない生贄だった。

捧げられたものならば、やはり生殺与奪権はグリードにある。

そしてグリードは、自分の人生をすっかり諦《あきら》めているエリアナを、なんとか生かしたいと思っている。

なのに食べてくれだとか好きにしろとか、エリアナの発言はかなり過激だ。

グリードを恐がって震えたりするくせに、自らその牙に口づけしたりする。

竜はその硬質な赤い髪をがしがしとかきむしった。

そうしても何も名案は浮かばないのだが、とにかくあの娘と問題なくやっていかなければならない。

できるだけ優しくしたいと思うのに、彼女に妙な視線を向ける男たちを、どうしてか警戒してしまう。

美しいものは見せびらかす方が楽しいと思っていたが、グリードはエリアナを閉じ込めて誰の目にも触れさせたくないと望んでいる自分を奇妙に思うのだった。

第四章　魔術師長は因果な商売

　クリスは転がるように、王都へと戻った。

　もちろん転がるというのは比喩《ひゆ》表現であり、実際には得意の魔術で王都にある自宅にまで転移したのだが。

　森の中にある古びた家は、彼の王より与えられた邸宅と地下で繋《つな》がっていた。物理的にではなく、地脈を流れる魔力の川によって。

　通常この川は、影響が大きすぎて普通の人間には使えない。

　クリスが使えるのは彼が並外れた魔術師だからであって、川の先にある隠れ家のことは限られたごく一部の者しか知らないのだった。

　クリスは平民の出身だ。

　類《たぐい》まれなる能力を見出され現在の地位に就いたが、所詮《しょせん》貴族とは相いれない下賤《げせん》の血。どれだけ国王に信頼され引き立てられようと、宮廷内には彼を侮る者が少なからずいた。

　そんな彼に、毅然《きぜん》とした態度でいるよう教えてくれたのがエリアナだった。

　まだ城に上がったばかりで、緊張から失敗ばかりしていたクリスにエリアナは言ったのだ。

　自分で自分を誇れない者を、一体他の誰が誇ってくれるというのか。そして誇れない主のために、誰がその身を尽くそうと思うのか――――と。

クリスとエリアナは十歳ほど年が離れている。

当時のクリスはまだ二十歳を少し過ぎたぐらいで、エリアナはまだ社交界にデビューもできないような小さなレディだった。

しかし、彼女はいつも胸を張って歩いていた。王太子妃候補という重圧をその華奢《きゃしゃ》な肩に載せて、それでも恐れることなく自分の道を邁進《まいしん》していた。

月光に照らされた雪原のような髪と、神秘的な紫色の瞳《ひとみ》。

クリスの目も同じ紫ではあるのだが、色はエリアナの方が濃く、そして青みがかっていた。

当時のクリスは、とてもではないが公爵令嬢であるエリアナと直接口を利けるような立場ではなかった。

しかしある時エリアナの飲む予定だったお茶から毒が発見されて、その犯人を探るために探知魔法が得意なクリスが呼び出されたのだ。

話を聞いてみると、お茶を口にしてすぐに異変を感じたエリアナは、すぐさまそれを吐き出したということだった。

しかし吐いたとはいえ一度は口に含んでおり、更に彼女は年相応に体が小さい。

大人ならばある程度まで耐えられる毒でも、小さな彼女は今にも倒れそうな顔で椅子に腰かけていた。

しかし彼女は決して臆《おく》することはなく、犯人を突き止めようとするクリスをじっと見つめた。

エリアナがお茶を飲んだのは王城の敷地内でのことだった。

彼女は幼いながらに、自分がここで倒れるようなことがあれば実家に迷惑がかかると気を張っていたのだろう。

クリスはその強さに、感嘆した。

結局、エリアナに毒を盛ったのは、彼女が実家から連れてきた侍女の仕業であった。

いや、侍女の仕業――ということになった。

本当はリュミエール公爵家の力を削ぎたいグランスフィール公爵家の仕業だったのだが、二大公爵家の決定的な対立を恐れた王の采配《さいはい》によって、そして両公爵家の取引によって、エリアナの殺人未遂は侍女の私怨《しえん》ということで決着をつけさせられる結果となったのだった。

もちろん、犯人を特定したクリスはグランスフィール公爵家の犯行であると知っていた。

知ってはいたが、その結果は誰にも口外するなと上司に口止めされていたのである。

平民出身であるクリスには、貴族たちの微妙な掛け引きというものが、心底理解できなかった。

特にありえないと感じたのは、実の娘を殺されかけながらも、その罪の所在をうやむやにすることに同意したリュミエール公爵に対してだ。

けれどこれは、一介の魔術師であるクリスが口を挟めるような問題ではない。

そのままなんとなく釈然としない気持ちで毎日を過ごしていると、ある時エリアナから呼び出しを受けた。

事件の日、真っ青な顔をしていた小さなレディは、結局その後寝込んで、やっとのことで回復したらしかった。

一体何の用だろうかと彼女の待つ公爵邸の部屋へ向かうと、クリスがそこで見たのは信じられないものだった。

なんと公爵令嬢であるエリアナが、自らクリスの尽力へと感謝し、そして真犯人の黙秘について念を押してきたのだ。

クリスは驚き、そして心底不思議に思った。

どうして公爵令嬢とはいえまだ幼い彼女が、そんなに強くいられるのかと。

きっと恐ろしかったはずだ。毒を飲まされて殺されかけるなど。

そしてこの世で最も彼女を守るべき親は、元凶である敵と通じて、厳罰ではなく政敵に貸しを作ることを選んだというのに。

その疑問をそのまま、彼女に投げることはできなかった。

だからたった一言だけ、呟《つぶや》いた。

『どうして』と。

その答えが、結果的にクリスを変える言葉となった。

心底まで帝王学を叩《たた》き込まれた彼女は、令嬢などという甘いものではなく、もう自分という国を制する王だったのだ。

けれどクリスは、衝撃を受けると同時に心配にもなった。

それは強い意志を秘めた彼女の横顔が、ひどく脆《もろ》いもののように思えたからだ。

病み上がりのこけた頬に、浮き上がるように強く光る紫のまなざし。

いつかその強さが、彼女自身を壊してしまうのではないかとクリスは心配になった。

そしてその予感は的中し、彼女は数年後誇りをもって自ら竜の花嫁になることを選んだのだった。

クリスにとってエリアナは、手の届かない月にも似た存在だった。

いくら若くして宮廷魔術師の筆頭にまで上り詰めようと、王太子の婚約者への懸想が許されるはずもない。


ただ、言葉を交わせるだけで——それだけでよかった。


彼女は気高く、そして美しかった。

他の令嬢たちに妬《ねた》まれ足を引っ張られても、困っている様子はちらりとも見せずいつも王太子か父親の後ろに静かに従っていた。

立場の違いのせいで、クリスは何度歯がゆい思いをしたことだろう。

平民出身のクリスがエリアナを助ければ、彼女に余計な醜聞を呼び込むことになる。

それを恐れて、いつまでも何もしないでいたツケが、竜の花嫁となってクリスに跳ね返ってきたのだ。

竜の花嫁には本来、竜が眠る火口まで当代の宮廷魔術師長が付き添わねばならない。

だがクリスはその時、エリアナが王太子と結婚する姿は見たくないと長期の休暇を取っていたのだ。

そして久しぶりに王都の自宅へ戻ると、彼の家に仕える使用人から驚きの話を聞かされた。曰《いわ》く
――エリアナは竜の花嫁となり強欲の竜が眠る火口へ向かったと。

慌てて森に取って返した。

彼の胸には、間に合わなかったらどうしようという絶望と共に、もし間に合ったなら求婚しようという決意が秘められていた。

たとえ国を出たとしても、クリスほどの魔術の腕があればどこの国でも生きられる。エリアナ一人ぐらい、養うことは容易《たやす》いだろう。

ところが、エリアナはクリスの申し出を拒絶した。

失意の中、再び王都へと戻った彼は、しかし諦めてはいなかった。

そして同時に、宮廷魔術師長が屋敷に戻って身支度を始めたという知らせは、瞬く間に城へと届けられたのだった。

＊

「どういうつもりだ?」

ひと月近く職務を放棄し、姿を現したかと思ったら再び王都から離れると言い出した宮廷魔術師長が、国王から召集を受けたのはある種当然の流れだった。

「姿を消したと思ったら、宮廷魔術師長の座を辞するだと？　一体何を考えている」

国王が警戒しているのは、クリスという魔術の天才が国外へと流出することだった。今に残る魔術に大した力はないとはいえ、クリスは平民から実力によって成り上がった天才だ。もし他国へ行って強力な兵器などを開発されれば、スレンヴェールとしては大きな痛手になる。

ただでさえ、隣国の内戦で周辺諸国の情勢が不安定なのだ。

だが、国王の脅しのような詰問でさえ、クリスを翻意させることはできなかった。

「陛下。私は森で、強欲の竜とまみえました。ゆえに宮廷魔術師長の職を辞して、竜の研究に努めたく思います」

暗に国からは出ないから放っておいてくれというクリスの言葉に、国王は呆《あき》れを隠そうともしなかった。

それもそのはずで、竜など言い伝えの中に生きる幻のようなものだ。誰もが、おとぎ話の中だけの存在だと思っている。

それなのにその竜に花嫁を捧《ささ》げ続けるのは、偏《ひとえ》に王が貴族の忠誠を確認するためと言ってよかった。

ただ生贄《いけにえ》を差し出すだけならば、平民からでいいのだ。それをわざわざ貴族からと区切っているのは、そしてその忌むべき慣習を途絶えさせることなく続けているのは、貴族の中で競わせ一つの貴族が力を持ち過ぎないようにするためだ。

だから決して、信仰心という美しい理由ではないのだ。

スレンヴェールの現国王は、老獪《ろうかい》な人物だった。

現に玉座に座る彼の両脇には、王太子であるアルヴィン・ファレル・スレンヴェールと、そして第二王子であるステファン・グランスフィール・スレンヴェールが控えている。

幼い頃から、王がこの二人の王子を競わせているというのは有名な話だ。

アルヴィンが王太子に決まってからも国王は変わらず弟を玉座の横に並べておくことから、王太子の座はまだ確定ではないと宮廷に余計な火種を生んでいる。

「竜とまみえただと？　もっとましな言い訳はなかったのか」

呆れたような王の言葉に、クリスは猛然と言い返した。

「神に誓って真実にございます。竜は私に、もう生贄はいらないとはっきりおっしゃいました。当代の花嫁を大変お気に召したようで、以降は必要ないと。その言葉を伝えるために、私は王都へと戻ったのです」

「何だと？　では、火口に身を投げた公爵家の姫が、まだ生きていると申すのか」

馬鹿にしたように、王が鼻を鳴らす。

クリスはちらりと、その隣に控えている王太子に目をやった。エリアナは、ついこの間まで彼と婚約していたのだ。そしてクリスが情報収集したところによれば、その婚約者の座を妹に奪われたことで、やけになってエリアナは竜の花嫁に立候補したらしい。

どうしてその時に王都にいなかったのかと、クリスは自分が嫌になった。その時に彼女を連れて逃げていれば、こんなしち面倒なことにはならなかったはずだからだ。

そして、全く信じる気のない王とは対照的に、王太子の顔色が変わった。

彼女が竜の花嫁となった経緯は、宮廷の多くの人間の知るところでもある。

彼の脳裏にはきっと、竜に頼んで王太子であるアルヴィンへの恨みを晴らさんとするエリアナの姿が、しっかりと思い浮かんでいるはずだ。

そもそも竜の花嫁は、国にとってもすっかり形骸《けいがい》化した行事であった。

スレンヴェールに住むのは、百年以上姿を見せていない竜である。国内の人間は誰一人としてその姿を見たことがなく、ただ言い伝えに従って機械的に花嫁を捧げているだけであった。

「実際に、わたくしはそのお姿を見て、言葉を交わしました。確かにエリアナ・リュミエール様で、とてもお元気な様子でした」

隠してはいるが、王太子の顔色が悪い。

クリスの中に、皮肉な気持ちが湧いてきた。

彼は公爵家の要望に応じて、婚約者をその妹へと変えた。

王家、あるいは貴族において婚約者の変更はそう珍しいことではないが、さすがに咎《とが》のない姉から妹への変更というのは、長い歴史の中でも珍しいことである。

「姫は我々を恨んでいる様子であったか？　竜に懇願して王都を襲撃するような可能性は――……」

王太子の言葉は、歯切れの悪いものだった。

「アルヴィン。発言を許した覚えはないぞ」

王が苦言を呈すると、王太子は取り乱していた己に気付いたのか、すぐに口を閉ざしてしまう。

「とにかく、魔術師長の話を信じるとして、その研究にどんな意味があるのだ？　それとも百年にわたって沈黙を守っていた竜が、今更娘一人ごときのために国を襲うと」

皮肉げな王の言葉に、クリスは内心で大きなため息をついた。

ある意味、当然なのかもしれない。

姿を見たこともない竜の脅威を、想像することなど難しいだろう。その存在自体を、信じていないのならば猶更《なおさら》。

そして、クリスはこの質問にどう答えるべきか躊躇《ちゅうちょ》した。

エリアナの元へ舞い戻るため許可を取ろうと王への報告をしたものの、彼は将来的にエリアナの不利になるようなことはできるだけ避けたいと考えていた。

エリアナに恨みがある様子だったと答えて王太子を青くさせるのは簡単だが、暗殺部隊が組まれるなど、その返答がのちに彼女を窮地に追い込む可能性は否定できない。

クリスはエリアナに、もう権力の関係ないところで穏やかに暮らしてほしいと思っていた。

同時に、そのそばに自分がいることができるなら、宮廷魔術師長の地位になどちっとも未練はなかった。

「いいえ陛下。エリアナ嬢は何も……ただ、もう王都にはお戻りになりたくないご様子でした。エリアナ嬢の境遇を思えばその、それも無理からぬことかと」

クリスはやんわりエリアナが戻る可能性はないと伝えたかったのだが、心に後ろめたいものを持つ王太子がどう反応するかまでは、予想がついていなかった。

そして彼の不用意な一言が、王国に混乱を陥れることになろうとは、この場にいる者はまだ誰も、想像がついていないかったのだった。

＊

それは、村からもらってきた食料がもうすぐ尽きようかという頃だった。

いつもは静かな森の神殿に、たくさんの人や馬の足音が響き渡る。

「何事だ？」

すぐに異変に気付いたグリードを追って、私も外に出た。そして、そこで信じられないような光景を目にする。

それは、まるで村ごと引っ越してきたような人々と、荷馬車に積まれたすさまじい量の荷物だった。馬車に布が張られているので荷物の中身までは分からないが、馬の速度を見るに随分と重そうである。

馬車は続々と到着し、またそれは馬に並んで歩きながら移動する人々も同様だった。

国から国を商売のために旅する隊商《キャラバン》のようにも見えるが、たいして道も整備されていない森に、旅慣れた商人が迷い込むはずもない。

すると、その集団の代表者なのか一人の男がこちらへ近づいてくる。

グリードは腕組みをして余裕な態度だが、常にはない殺伐とした空気を感じて私は息を潜めた。

男はグリードの前までやってくると、おもむろにひざを折りその場に跪《ひざまず》いた。

「これは一体何の騒ぎだ？」

グリードが問うと、顔を上げた男性はちらりとこちらに視線をやった。その困ったような様子に、直答していいものか悩んでいるらしいとすぐ察しがついた。

とりあえずこちらを尊重するつもりのようだと悟った私は、話を聞いてみないことには何も分からないと彼を手助けすることにした。

「直答を許します。グリード様、どうやら彼らはこちらと敵対するつもりはないようです」

そのつもりがあったら、最初から跪いたりはしないだろう。おそらく彼は、グリードの正体を知っているのだ。

「お許しいただき感謝いたします。我々は偉大なる魔術師、クリス・トワイニングの配下の者です。本日は旦那《だんな》様のお言いつけで、こちらの姫君にこれらの品々をお届けするようにと承りまして」

男の返事は、驚くべきものだった。

なんとこれらの荷物はすべて、クリスから私に贈られてきたものだというのだ。

私はしばらく前に別れたクリスのことを思い出し、とても困惑した気持ちになった。なぜなら彼は私に求婚し、あろうことかグリードに戦いを挑んだからだ。

隣に並ぶグリードの様子をそっと窺《うかが》うと、彼は苛立《いらだ》たしげに足を踏み鳴らした。

「どうしてそのクリスとやらが、エリアナに荷物を贈ってよこすのだ？　確かに出直して来いとは言ったが、物でエリアナが釣れるとでも？」

グリードの声音はどこか不機嫌そうだった。

静かな生活が脅かされたのだ、彼が気分を害しても仕方ない。

はらはらと成り行きを見守っていると、グリードの苛立ちを感じ取ったのか男はより一層身を低くして言った。

「いいえ、滅相もございません。ですがこのような森の奥では、不自由なさることも多いでしょう。我々は荷物を届けたのち、エリアナ様に仕えるよう指示を受けております。グリード様には、どうかそれをお許しいただきたく」

「分かった。どうするのだ？　エリアナ」

突然水を向けられ、私の困惑はより一層深いものになる。

断って追い返した方がいいのだろうか。でも、前の村であんなことがあった以上、自分の食事のためにこれ以上グリードを煩わせるのは気が引けた。

それに、今断ったところで相手が困るだけだ。せめてもクリスの到着を待って、彼に直接断るべきなんじゃないだろうか。

「グリード様」

「何だ？」

「今ここで追い返しても、彼らが困るだけです。お断りするにしても、クリス様に直接申し上げないと……クリス様はいらっしゃるのよね？」

さすがに、荷物を贈ったまま贈りっぱなしということはないはずだ。そもそも、本当ならまず贈る前に先ぶれで知らせるのが筋のはずである。

「王より職を辞してのち、こちらにいらっしゃると伺っております」

「宮廷魔術師長の職を……」

彼のあまりの決意に、私は絶句した。

貴族ではない彼が、その地位を得るためには本当に血を吐くような努力が必要だったはずだ。それを容易《たやす》く捨てるという。

私はどうしても、彼の気持ちを理解することができなかった。私のような女一人に、すべてを懸けるような価値などないのだ。

「困ります。そのようなことっ。今すぐ王都に戻って、彼に思いとどまるように言ってください。そんなことはあまりにも……」

「エリアナ。さっきと言っていることが違うぞ」

グリードに指摘され、顔が熱くなった。

矛盾していることは分かっているが、クリスの気持ちを受け入れる気がない以上そんなことをされては困るのだ。私にはとても、そんな気持ちを背負うことはできない。

「グリード様、馬を一頭彼らに貸してもよろしいでしょうか？」

「どうするつもりだ？」

跪いた男も、不思議そうな顔で私を見上げている。

「手紙を書きます。もう間に合わないかもしれませんが――宮廷魔術師長が病でもないのに職を辞するなど、考えられない……」

「もう手遅れですよ」

すると突然、その場に新たな人物の声が加わった。

「クリス⁉」

あまりの驚きに、悲鳴のような声が漏れる。

彼は男たちとはまた別の、道もない森の中から突然現れたのだった。

「旦那様⁉」

男の驚きように、これがあらかじめ予定されていた行動ではなかったと知る。

「王に職を辞する旨を了承いただき、やってまいりました。この荷物の中には我々の食料なども入っていますから、追い返されると困りますね」

「随分と強引だな？」

事の成り行きを見守っていたグリードが、クリスを睨《にら》みつけながら言った。

その眼光の鋭さに臆《おく》することもなく、クリスはにこりと微笑《ほほえ》む。

「遠慮していては、何も手に入らないと身をもって知りましたから」

その場に緊迫した空気が流れる。グリードがどう返すだろうかと固唾《かたず》を呑《の》んで見守っていると、
彼は勝手にしろと言い捨てて、神殿の中に戻っていってしまった。

とりあえず、二人が再び戦うことにならなくてよかったとほっとしていると、クリスは私の目の前にやってきて、跪いた。

そして私の手を取り、先ほどと同じ有無を言わせぬ微笑みを浮かべる。

「職を辞してまで追いかけてきた私を、まさか追い返したりはなさいませんよね？　姫様」

まるで先日とは別人のような余裕の笑みに、私は頭を抱えたくなった。

一体どうすれば平和的にこの問題を解決できるだろうかと考えたが、宮廷で揉《も》まれたクリスはなかなかの難敵のようだ。


クリスの使用人たちが運び込んだ物資は、本当に多岐にわたっていた。

複数のドレスから、食料。それにそれを調理する料理人まで。

閑散としていた神殿は一気に騒がしくなり、荷物を運んできた使用人とそれを護衛してきた傭兵《ようへい》が、神殿の近くに大型のテントを建て始めている。

「ま、まさかこんなことになるなんて……」

私はその様子を見て血の気が引いた。

こんなことになってしまっては、もう私が何を言っても追い返すことなんてできないじゃないの！

ちなみにグリードはと言えば、先ほどクリスに会ったきり、神殿の奥に引っ込んでしまっている。

急いで追いかけて言い訳したいような、でも顔を合わせたくないような、複雑な気分である。

「お嬢様は、よほどクリス様に愛されているのですねえ」

ジルが面白がるように言う。彼女にはグリードが怒ったらどうしようという不安などはないようだ。彼女は私と一緒に慌てる気など欠片《かけら》もないようだった。

先ほどから楽しそうに、客人たちの宿営の様子を眺めている。

するとその時、私たちの目の前で傭兵の一人が木を切ろうとし始めた。

邪魔だったのかそれとも設営に役立てようというのか、とにかく私は慌てる。

神殿の近くは神域であり、更に言うならグリードに捧《ささ》げられた土地だ。その土地の木を勝手に切ってしまうのは不敬にあたる。

加えて、隣にいるのは木の精であるドライアドなのだ。

私は宿営に必要なのだろうと思いつつも、ジルの目の前で木を切るのはやめてほしいと思った。

「待って！」

半ば裏返った私の悲鳴に、宿営準備をしていた人々の手が一斉に止まる。

私は木を切ろうと斧《おの》を振り上げていた男に駆け寄った。

「ここはグリード様の土地です。勝手に木を切らないでください」

がっしりとした、髭面《ひげづら》の男だ。

彼は困惑したように、ゆっくりと斧を下げた。

「はぁ。しかし、この木を切らなければ、我々のテントが建てられません」

私は困ってしまった。

さすがに寝泊まりするテントを建てるなとは言えない。神殿には今私を含め三人しか住んでないとはいえ、彼ら全員を受け入れられるほどの広さはないのだ。

どうしようか迷っていると、くすくすと笑いながらジルが近づいてきた。

「ありがとうございますエリアナ様。私のことを気にしてくださったんですね」

グリードの土地だからと説明したが、ジルには私の懸念がしっかり伝わっていたらしい。

「ならば、こうしましょう」

そう言って、ジルはしゃがみ込んで大地に手をかざした。

するとその手の下から、するすると蔦《つた》が生えてきた。蔦は地を這《は》いながらみるみる大きくなり、更に何本もの蔦が生えてきた。

木を切ろうとしていた男も、その近くにいた使用人たちも、私だって驚いて言葉をなくした。

そうしている間に寄り集まった蔦は、自身を編むようにして大きな箱のようなものを形成した。どれくらい大きいかというと、グリードのために建てられた神殿と同じくらいだ。

それ自体が意志を持っているような蔦は、するすると動いてたちまち神殿を写し取ったような形となった。

即席の蔦でできた神殿を、私を含めた人間たちはぽかんと口を開けて見上げるより他ない。

「とりあえず、神殿の形に似せておきました。これならここにいる人間が全員雨風をしのぐことも可能でしょう」

ジルは何でもないことのように言うが、彼女が行ったのは明らかに奇跡の御業である。

「ドライアドは……みんなこのようなことができるの？」

咄嗟《とっさ》に口から出たのは、そんな陳腐な問いだった。

本当はそんなことどうでもいいはずなのに、頭が真っ白になってろくな質問が浮かんでこなかったのだ。

「いいえ。私はドライアドの王に力をいただいていますので、特別なんです。さあ皆さん、遠慮なくこの建物を使ってください」

自生した蔦を果たして建物と呼んでいいのだろうかと思いはしたが、特に口にはしなかった。

剣を腰に下げた傭兵たちが、恐る恐る蔦でできた神殿に分け入っていく。人々は荷下ろしの手を止め、固唾を呑んでその様子を見守っていた。

「そんなに警戒しなくても中に魔獣なんていませんよ」

魔獣というのは、人語を理解しない凶悪な種族である。

私も見たことはないが、それを倒すことによって魔術に使われる特殊な宝石が手に入るそうで、それを採取することを生業《なりわい》とした人々がいることも知識としては知っていた。

「過分のお心遣い、感謝します」

連れてきた使用人たちの指揮を執っていたクリスが、こちらに近づいてきた。

彼はジルに感謝の意を表した後、相好を崩してくすくすと笑い始めた。

「な、何なのですか？」

その理由を尋ねると、彼は優しい目をしてこちらを見た。

「失礼。まさかエリアナ様が、あのように感情を露わにするとは思わなかったもので」

指摘された途端、私はひどい羞恥《しゅうち》を感じた。確かに、グリードと出会ってからずっと、慌てたり騒いだりと取り繕う暇もないのだ。ついこの間まで貴族社会で感情を押し殺していたことなど、まるで嘘《うそ》のように思える。

自分の中にこんな小娘のような部分があったことに驚いているし、抑圧されていたあの頃がひどく遠く感じる。ジルの生み出す締め付けのない服にもすっかり慣れて、今ではコルセットを着けることすら億劫《おっくう》に感じるのだ。

怠惰だと感じると同時に、まるで新しい自分を見つけるようで不思議と不快ではないのだった。

「失望なさいました？　求婚を取り下げてくださってもいいのですよ」

意地悪な気分でやり返すと、クリスは先ほどまでの感情を読ませないそれとは違う、困ったような笑みを浮かべて見せた。

「困りましたね。失望どころか、以前よりも魅力的ですよ。ただ、その表情を引き出したのが自分ではないと思うと、ひどく悔しいのです」

グリードが私を変えたと直接指摘されたようで、気恥ずかしい気持ちになった。

だが、不快ではない。

まるで過去の自分と決別できたような気がして、むしろ誇らしい気持ちになった。

＊

無理矢理押しかけてこられたとはいえ、人が増えるとやはり神殿での生活は随分と違ったものになった。

まずジルの負担が減ったし、クリスが連れてきた使用人たちは貴族に仕えるそれらしからぬ純朴な人々だった。

気になったのは、彼らが訛《なま》りのひどいスレンヴェール語を話すことだ。中にはスレンヴェール語が喋《しゃべ》れないようで、私を見ると困ったように微笑むだけの者もいた。

どうやら彼らは、隣国であるアデルマイトの出身らしい。あまりいい噂《うわさ》を聞かない国だ。

時折、彼らの表情にも影のようなものが混じる。

普段はよく働く笑顔の多い人々なだけに、その表情の落差がひどく気になるのだった。

「それにしても、命令とはいえよくこんな場所までやってきたものだ。あの魔術師はそんなに人望のある男なのか？」

神殿前の空き地に、どうにか畑を作ろうとしている人々を見ながら、グリードが不思議そうに呟《つぶや》いた。

クリスが来た当初こそ不機嫌な様子を見せていた彼だが、人がたくさん集まってきたことに関する不快感はそれほどないらしい。

ここ数日はむしろ、使用人たちの暮らしを興味深そうに観察したりしていて、そのやけに無垢《むく》な表情が微笑ましく思えるのだ。

どうやら彼は、これほど人間と近い場所で暮らしたことが今までなかったらしい。

グリードの声が聞こえたのか、一人の男がこちらに駆け寄ってきた。最初に挨拶《あいさつ》を交わした、彼らの代表者らしい人物だ。

壮年で、農作業になれているのかよく日に焼けていた。

「はい。我々はクリス様によって救っていただいた者たちなのです。クリス様のお下知《げじ》ならば、我々は地獄であろうとも赴く所存です」

そう言って、男は自信ありげな笑みを見せる。

近くで作業を行っていた別の者も、同意するように深く頷《うなず》いていた。どうやら彼らは、クリスに深く傾倒しているらしい。

別に尊敬できない人物とは言わないが、彼らの様子にただならぬものを感じて私も不思議に思う。

「ほう。救われたとは、随分と大仰だな。一体何があったのだ？」

グリードが尋ねると、男は得意げに話し始めた。

自分たちがどのようにして、クリスの元で働くようになったのかということを。


「クリス様は、平民でありながら若くして宮廷魔術師長にまで上り詰められたお方。王都の民が憧《あこが》れる立身出世を成し遂げられました。しかしそれ以上にご立派なのは、アデルマイトから逃げてきた我々を、雇った上に身分を保障してくださったことです」

「では、あなた方はアデルマイトのご出身なのですか？」

やはり予想通り、彼らはスレンヴェールの人間ではなかったらしい。

隣国、アデルマイトは近年内紛が絶えず、その難民がスレンヴェールまでやってきて、治安を悪化させているという話を聞いたことがあった。

まさかクリスが、それらの人々を雇い入れていたとは。

彼の立派な行いに、私は自分のことが恥ずかしくなった。

私は自分の不幸を嘆くばかりで、彼らのような人々に目を向けることもなかったからだ。

しかし、私がそんな感傷に浸る一方で、グリードは男から隣国から逃げることになったあらましを聞き、とんでもないことを言い出した。

「ふむ。ここも手狭になってきたことだし、近くに争う国があるのならそこをもらうか」

グリードの何気ない一言に、私たちはジルを除いた全員が呆気《あっけ》にとられた。

そしてこうと決めたら、グリードの行動は早かった。

「二、三日ここを空ける。お前らはエリアナを守れ」

「か、かしこまりました！」

そうして私が止める暇もなく、グリードはその背に羽を生やし空へと飛び立ってしまった。

呼び止める隙もない。

「……ねえジル」

私は、傍らにいたジルに問いかけた。

「今、グリード様は何ておっしゃったかしら……？」

「はい。争う人々の国を〝もらう〟とおっしゃいました」

「も、もらうというのは？」

「おそらく、国を制圧してその国の王族から召し上げるということではないでしょうか？」

できれば自分の予想が外れていてほしいと思ったが、ジルの解釈は私のそれとほぼ変わらなかった。

「そ、そんなことが、可能なのかしら」

私が疑っているのはグリードの力量ではなく、自分の常識の方だった。

アデルマイトはスレンヴェールと比べれば確かに小国だが、大陸全体を見れば中堅程度の国家である。

内紛で争っているのは国王軍と革命軍で、双方が数万単位の軍隊を擁していたはずだ。

まあ、その規模の大きさから内紛が泥沼化したとも言えるのだが。

我が国スレンヴェールですら、そこに介入するどころか戦争の影響を受けないようにすることで精一杯だった。

「まあ、可能といえば可能でしょう。ただ、グリード様のお力をもってしても、おそらくは数日はかかるでしょうから、エリアナ様はここでゆっくりとお待ちくださいませ」

「ええと、でもその」

数日で済む方がむしろおかしいとか、国はもらうものじゃないとか、言わなければいけないことは色々ある気がしたけれど、今までの経験からして無駄だということもよく分かっていた。

そもそもグリードはもう行ってしまったのだから、私にはもうなす術《すべ》がない。

できることと言ったら、アデルマイトの一般市民にできるだけ被害がないよう祈ることぐらいだ。

「グリード様が飛び立っていかれたようですが、何かあったのですか？」

その時、異変に気付いたらしい使用人が、クリスがこちらに近づいてきた。

それで我に返ったらしいクリスに慌てて事情を説明している。彼の気持ちは痛いほどよく分かる。

そもそも、彼らは本当の姿に戻ったグリードを見たのすら初めてなのだ。

私はやんわりと神殿の中へ戻そうとするジルに逆らい、ぽかんとグリードの飛び去った方角を見上げる人々に呼びかけた。

「あの、皆さん！」

意を決して声を張ると、彼らは呆然《ぼうぜん》とした顔のままでこちらを見た。

見開かれた沢山の目に見つめられると、思わずたじろいてしまいそうになる。

けれど、私より彼らの方がよっぽど不安なはずだと思い、胸を張った。そもそも、自信がない時でもあるように見せかけて虚勢を張るのは得意だ。

「グリード様は、決して無慈悲な方ではありません！　きっとよきようにしてくださいますから、懸念は分かりますが、わたくしと一緒にこちらでお待ちくださいませ」

もし彼らの中の誰かが、慌てて国に戻ったりでもしたら危険を被る可能性がある。どんなに急いでもグリードに追いつくことはできないだろうが、それはそれだ。

せめて最悪の事態は防ごうと、私は彼らの様子を注意深く見守った。

しばらく反応はなかったが、少し待っているとゆっくりと彼らの目に理性の色が戻る。

「エリアナ様、ご安心なさいませ。クリス様に命じられた以上、我々は何があってもここから動きません」

先ほどの男性が答える。

水を向けられたクリスは、自らも驚きながらアデルマイトの一般市民は安全なはずだと請け合っていた。

*

グリードを待つ間、私はひどく落ち着かない気持ちになった。

刺繍《ししゅう》をしていても、クリスから借りた本を読んでいても、ちっとも落ち着かないのだ。

夕食を終えた後、私はやることもなく神殿の外階段に腰かけぼんやりと月を眺めていた。冷たい月光に照らされた森が、鋼色に光っている。

ジルが作り出した木造の神殿からは、使用人たちの楽しそうな声が響いていた。どうやら子供を連れた家族連れもいるようで、早く眠るよう叱る母親の声がこちらにまで響いてくる。

私はその声に耳を傾けながら、ひどく寂しい気持ちになった。

あんな風に、母に直接怒られたことなどない。母は私に――そして家族に興味がないようで、夜会や茶会で家を空けていることがほとんどだった。

これまではそれが普通だと思っていたから、ここ数日目にした彼らアデルマイトの人々の暮らしは、私にとっても新鮮だった。

内乱で祖国を捨てた人々だからなのか、彼らは特に家族の繋《つな》がりを大切にしている。互いに助け合い労《いた》わり合っているのが、見ているだけの私にまで伝わってくるのだ。

「夜風に当たっていると風邪をひきますよ」

そう声をかけてきたのは、すっかり世話役が板についたジルではなく、クリスだった。

彼が押しかけてきた日以来、二人きりになることを避けてきたので、私は一瞬固まってしまった。

立ち去るべきかと考えている間に、彼は私の隣に腰を下ろしてしまう。

もともとそれほど関わりがなかったこともあるが、幼い頃から王太子妃の有力候補であり、婚約者であった私に近づいてくる異性などいなかった。

父からも男性を容易《たやす》く近づけないよう注意を受けていたし、夜会でも一緒に踊る相手は親族だけ。だからどうしても、異性が相手だと身構えてしまうのだ。

それに気付いたのか、クリスは困ったように笑いながら言った。

「これは随分と、警戒されてしまいましたね」

まるで気持ちを見透かされたような気がして、気まずさに顔を伏せた。

すると隣から、クリスが苦笑するのが気配で伝わってくる。

「ドレスも着てくださいませんね。気に入りませんでしたか？」

彼が贈ってくれたドレスを、私は一度も身に着けていなかった。食料はありがたくいただいているが、さすがに求婚を受けることもできないのに、贈られたドレスを身に着けるような無作法な真似はできない。

肌に身に着けるものを贈っていいのは、ごく親しい間柄の人間だけだ。

そして男性がドレスを贈るのは、いくら男女関係に疎い私でも脱がせるためだということぐらい知識として知っていた。

――決して、コルセットを着けたくないからとかそういう理由ではない。決して。

「そんな……着られるわけがないではありませんか。わたくしはグリード様の花嫁ですのに」

なぜか言い訳のようだと思いながらそう言うと、返事はなかった。

一体どうしたのだろうと思って顔を上げれば、彼は寂しそうな顔をして月を見上げていた。

その白い横顔に、胸が締め付けられる。

それは決して恋ではなくて、あえて表現するなら仲間意識のような感情だった。

まるで自分のようだと思ったのだ。好きな相手に気に入られたいのに、どうしていいか分からない。一体何が違うというのだろう。グリードの役に立ちたくて空回りし続けている自分と。

「困りましたね。あなたに着ていただきたかったのに。あまりにも露骨だったでしょうか」

クリスの言葉に苛立《いらだ》ちは感じられなかった。

ただただ困り果てているのが、穏やかな口調から伝わってくる。

優しい人だ。きっと彼のような人を好きになれたら、王太子妃になんてなれなくても私はスレンヴェールの宮廷で幸せになれただろう。

でもそれはもう、ありえないもしもでしかない。

「どうしてこんなによくしてくださるんですか？」

つい、こんな質問が口からこぼれた。それは純粋な疑問だった。今までろくに話したことすらなかったのに。

「あなたは覚えていらっしゃらないのでしょうね」

クリスが遠い目をする。

その出来事を覚えていないことに、罪悪感を覚えた。きっと彼には、大切な思い出なのだろう。

けれど同時に、彼は今の私ではなく、過去の私を見ているのだと分かった。

「私はもう、エリアナ・リュミエールではありませんよ」

思わずそう言うと、クリスが驚いたように私を見た。

「公爵家の娘でも何でもない、ただのエリアナです。あなたに好いていただいていたエリアナは、もうどこにもいません」

少しだけ、クリスが泣きそうな顔をした気がした。

けれどそれは本当に一瞬の出来事で、彼はすぐにいつもの困ったような笑みを浮かべてみせた。

「あなたはあなたですよ。たとえこの気持ちが受け入れられなくても、私がお仕えしたいと願うのはやはりあなたなのです。エリアナ様」

彼の我慢強さや、ある種の強情さは感嘆に値した。

何を言うべきかと考えて、私は結局大きなため息をついた。

「頑固な人ですね。あなたも」

そう言うと、クリスはにっこり笑って言ったのだった。

「ええ、あなたも」

＊

そしてグリードはというと、本当に宣言通り三日の内にアデルマイトを平定してしまった。

平定――という言葉を使っていいのだろうか。

彼はすべての軍を最初の二日で再起不能に陥れ、三日目に民衆の前で前国王の首を落としたという。

実際に見たわけではないが、木を通して遠くの様子を知ることができるというジルに教えてもらったことである。

そして四日目、果たしてグリードは神殿に戻ってきた。

「エリアナ。俺たちの国ができた。今すぐそこへ行くぞ。クリスとそれに仕える者たちは、ついてくるなり諦《あきら》めるなり好きにせよ」

グリードはまたしても呆然とする人々にそう告げると、すぐ背中に乗るよう私をせかした。

どうしてそんなに焦っているのだろうと思いつつ、私はジルと共に彼の言葉に従う。

「まだ荒れてはいるが、俺のそばにいれば当面の危険はないだろう。エリアナはもう、人間ごときに傷つけられる体ではないしな」

それは、涎《よだれ》を浴びて怪我をしにくくなったことを言っているらしい。

確かに、あの日以来ちょっとした擦り傷などもすぐに塞《ふさ》がるので、私としては自分がどういう生き物になったのかちょっと不安を持ってはいた。

けれど風邪で寝込んだりはするので、油断はできないのだが。

「では、行くぞ」

結局、私は着の身着のまま出発することになった。

戦乱の国アデルマイトへ。

そしてグリードが飛び立つ先に一体何が待っているのか、その時の私にはちっとも想像できていなかった。

第五章　新生グリード竜王国

アデルマイトは、長引く戦乱によって荒れ果てた国だった。

上空から見て最初に思ったのは、赤いということ。

アデルマイト特有の赤土と、そして戦争によって焼かれた焦土。その忌々しい光景は、くっきりと私の脳裏に刻み付けられた。

「ひどいですね」

私と一緒にグリードの背に乗っていたジルも、痛ましそうに言う。

「草木が一本もない」

彼女の仲間のドライアドも、この戦闘に巻き込まれて燃えてしまったのだろうか。

「ジル……」

不安に思う私に気付いたのか、ジルは私を気遣うようにぎこちない笑みを作った。

「大丈夫。植物は強いです。今は絶えていても、土の中で力を蓄え春にはまた芽吹くでしょう」

本当にそうだろうかと地上を見下ろしながら、私はその言葉にすがるしかなかった。

＊

「グリード様が戻ってきた！」

「グリード様！」

「万歳！」

かつて王都があった場所も、半分以上が消失していた。

グリードは着地して私たちを降ろすと、地面に影響が出ないよう素早くその身を人間のそれへと変える。

すると地上で待機していた人間が、幾人か走り寄ってきた。

武装してはいるが、敵意はない。

むしろ他の人間は震えながら平伏しているし、グリードはどのようにしてこの地を支配したのだろうかと空恐ろしくなった。

赤茶けた大地の上、崩れかけた城の前で、私は走り寄ってきた三人の男と相対した。

いや、それでは語弊がある。

彼らは地面に平伏し、決して顔を見せることがなかった。

「面倒だな。そのいちいち這《は》いつくばる習性はどうにかならんのか」

グリードの言葉に、男たちがきびきびと立ち上がる。

他の人々と違い、彼らの動きが機敏なのは怯《おび》えているからではなく、グリードに尽くそうという気持ちゆえなのだと気がついた。

なぜなら顔を上げた彼らの目には恐怖ではなく、どうしたらこの人に喜んでもらえるだろうかという好意的な光が宿っていたからだ。

それは私にも十分理解できる感情だったので、恐れが弱まり親近感のようなものが生まれた。

「グリード様、彼らは這いつくばっているのではなく、グリード様に反抗する意思がないことを示そうとしているのです。平伏しているととても無防備になりますから」

「そういうものなのか？　まったく人間というのは理解に苦しむな」

私の説明を聞き、グリードは訝《いぶか》しげに顎《あご》を撫《な》でた。

「あなたは、リュミエール公爵家のエリアナ姫ではありませんか？」

三人のうちの一人が、驚いたように私の名前を口にした。

驚いてそちらを見ると、その汚れて疲労が蓄積した顔には見覚えがあった。

「あなたはもしや……ダンテス伯爵家のスレイン様？」

私の記憶が正しければ、彼はアデルマイト王家から伯爵位に任じられた騎士であったはずだ。

その証拠に、体には重い鎧《よろい》を身に着け、剣を腰に下げている。

彼の母親はスレンヴェールの出身で、その関係か幾度かスレンヴェール国内のパーティーで顔を合わせたことがあった。

「ええ。私は革命軍として戦争に参加しておりました。グリード様のお力添えで、革命を成すことができたのです」

スレインはその疲れ切った外見とは対照的に、目には希望の光をたたえていた。

どうやらグリードは、王国側を倒し期せずして革命軍側の勝利に寄与したらしい。

「別に力添えしたわけではない。俺はこの城をもらいに来たのだ」

グリードはそう言うと、崩れかけたかつての王城を指さした。

「この城には今日から、俺とエリアナが住む。お前たちそれでいいな」

あまりにも強引な成り行きに、思わず口を挟もうとした。

しかし、私の返事はスレインの威勢のいい返事にかき消されてしまう。

「はい！　グリード様を王に戴《いただ》けば、近隣諸国の侵攻も阻むことができるでしょう。ぜひこちらの城をお使いくださいませ！」

スレインに従っていた二人も、うんうんとばかりに激しく頷《うなず》いている。

私は困ってしまった。

人々が苦労して奪取した城に、果たして完全なる部外者である私たちがいついてもいいものだろうかと考えたのだ。

それに、どうも今の会話には行き違いを感じる。

グリードはただ城を住処として接収するつもりしかないようだが、アデルマイトの人々は彼を王に戴くつもりのようだ。

「グリード様。お城に住むならば王にならなければいけませんよ。王は重責を担うものです。よくお考えになってください」

つい口を挟むと、グリードが少し驚いたようにこちらを見た。

「エリアナはこの城では不満なのか？」

「そういうことではなくて、権利を得るためには責任を負わねばならないと言っているのです。スレイン様たちは、グリード様にアデルマイトの新しい王になってほしいと言ってらっしゃいます。人の国の王になるということは、その国の民に責任を持つということなのです」

グリードはよく分からないとでも言いたげに首をかしげている。

私はもどかしい気持ちになった。

権力など、下手に手を伸ばすべきではないのだ。グリードのように、人の世界に無頓着《むとんちゃく》な者ならば猶更《なおさら》。

けれどスレインたちは、余計なことを言うなとばかりに私を睨《にら》んでいた。その目の奥には、怒りというよりもすがるような色がある。

彼らの言う通り、疲弊したアデルマイトを併合しようと周辺諸国は猛禽類《もうきんるい》のようにその目を光らせているのだろう。

圧倒的な力を持つグリードがいるとその国々に向けて宣伝すれば、彼ら革命軍は労せずして諸国からの侵略を牽制《けんせい》することができるのである。

私は焦土となった王都を見回した。

目に映る人々は皆、ひどく疲れ果て怯えた目をしている。

それはグリードが竜だから恐ろしいということではなく、いつまた内乱が始まるのではないかと同じ人間に怯えている目なのだ。

するとやけくそのように、スレインが口を開いた。

「グリード国王万歳！」

「万歳！」

一緒にいた二人も、スレインに同調する。

「え⁉　ちょ、ちが……っ」

私の制止の声は、人々に広まる万歳の声によってかき消されてしまった。兵士や市民が、やけに晴れた空に歓声を響かせる。

こうなってしまっては、もう私に止めることなどできるはずがない。

グリードは悪くないとでも言いたげに、尻尾《しっぽ》を出して誇らしげに胸を張っていた。

「エリアナ様」

途方に暮れる私に、そっとジルが囁《ささや》いた。

「よかったですね。これでグリード様のお役に立てますよ」

最初は、彼女が何を言いたいのかよく分からなかった。

それを視線で伝えると、彼女はにっこりと笑って言った。

「エリアナ様は、ずっとグリード様の役に立つ方法を探していらっしゃったでしょう？　グリード様にどれほど力があろうとも、人の国を治めるというのは安易ではないはず。そこを、エリアナ様が補えばいいのではありませんか？」

　ジルの言葉に、私は目が開かれる思いだった。

　確かに彼女の言う通り、ずっと王太子妃を目指してきた私の知識があれば、人の国の王としてのグリードを支えることができるだろう。

　私はこの時、決心したのだった。

　自分のできうる限りでグリードを支え、このアデルマイトという国を彼にふさわしい豊かな国にすることを。

＊

　城に入場すると、外見以上に内部もまた、ひどく荒れ果てていた。

　あちらこちらに亡骸《なきがら》が転がり、剣や盾などの武具が無造作に置かれている。

　そのあまりに悲惨な有様に、私は思わず口元を押さえた。

　そして、広い広い玉座の間に辿《たど》り着く。天井に大きな穴が開いていて、そこから光がさしていた。

　主を失った玉座が、ポツンと寂しく置かれている。

　国がなくなるということを目の当たりにして、私は息を呑《の》んだ。

　国王側に寄与していた多くの貴族たちも、戦死するか捕らえられるといった憐《あわ》れな末路を辿ったらしい。

「とりあえず、早急に城で働いていた人間を呼び戻さないと……」

私がそう呟《つぶや》くと、グリードは不思議そうな顔になった。

「せっかく追い出したのにか？」

自分の発言が彼の不興を買うかもしれないと思いながらも、私は思ったことを口にした。

「国を運営する上で、実務を担っていた者をすべて追い出してしまっては、国は立ち行きません」

私の発言に、グリードは少し考える様子を見せた後、近くで兵士たちに指示を出していたスレインを呼びつけた。

「お呼びでしょうか？　グリード様」

「あー……スレインとか言ったか？　これからのことはエリアナに任せる。そなたらはエリアナに従うように」

スレインは目を見開き、私とグリードを交互に見た。

「それは——失礼ですが、エリアナ様とグリード様のご関係は一体……？」

革命軍側で兵を率いていたスレインがスレンヴェールの事情など知っているはずがない。

なんと説明しようか悩んでいると、私より先にグリードが答えてしまった。

「俺の嫁だ」

そのまま面倒くさいとでも言いたげに、グリードはその場を立ち去ってしまったのだった。

私は慌てて、呆然《ぼうぜん》とするスレインにこれまでの成り行きを説明した。

古くからの習慣である竜の花嫁に立候補したこと。覚悟を決めて火口に飛び込んだら、グリードに助けられたこと。そしてその恩を返すためにグリードに仕えると決めたこと。

「――なので、わたくしも皆さんの同僚として、共にグリード様に仕える者として扱っていただけると助かります。女ということで思うところはあるでしょうが」

基本的にスレンヴェールでは、女性は政治などには参加しないことになっている。隣国であるアデルマイトでも、それは同じだったはずだと思いながら、私はまっすぐにスレインを見返した。

たとえ風当たりが強かろうと、せっかくグリードが任せてくれたのだからすべてを懸けて成し遂げたい。もしスレインが反対するならば、言葉を尽くして納得してもらうだけの話だ。

だが、彼は予想に反して私に手を差し出してきた。

普通男性が女性に手を差し出す時は、敬意を示すため手の甲に唇を落とす時である。

けれど彼のごつごつとした手は、私の手をぎゅっと握り込んだ。

「助かります。人手はいくらあっても足りないということはありませんから。これから、よろしくお願いします。エリアナ様」

握手を交わしたことなどなかった私は、身が引き締まるのを感じた。

この荒れ果てた国を、グリードにふさわしい豊かな国にするのだ。

＊

それからしばらくの間は、ひどく忙《せわ》しない毎日だった。

自国ですらない国の戦後処理をするのだ。私は残った少しの貴族たちを集めて話を聞き、これから国にとって必要な物を一つずつ揃《そろ》えていった。

食料も、人材も、物資も、何もかもが不足している。

まず指示したのは、人材の確保だった。

当主や跡継ぎが戦死した貴族の家は女性であっても相続権を認め、代わりに政治に参画するよう促した。

幸い女性であっても高等教育を受けている者が多く、反発はありつつも最低限の行政機能を復帰させることはできそうだった。

他にも、革命軍の幹部を新しい貴族に任じたり、スレインにリストを作ってもらって優秀な人物を引き立てたりした。

国王軍側、革命軍側両方から人材を採用したことで、反発は思ったよりも少なくて済んだ。

もっとも、一番の理由はグリードが後ろについていると誰もが認識していたからだろう。長引く戦乱を短期間で終結させたグリードはアデルマイト内で絶対的な人気を誇っており、その壮絶な戦いぶりは同時に国民に畏怖《いふ》を植え付けていた。

その戦いぶりを熱っぽく話す革命軍側の兵士の話などを聞くと、どうして自分はその場にいなかったのだろうと悔しくなった。

危険だからと置いていかれたのだろうが、できることならいつどんな時でもグリードを支えられる人間になりたかった。

戦後処理が落ち着いてくると、他国に流出していた難民たちも母国へ戻り始めた。

彼らの顔には、長い難民生活がようやく終わり、母国へと戻ることのできた安堵《あんど》があった。まだまだこの国は大変だけれど、一緒に国を立て直してくれる人が増えるのは心強い。

そして戻ってきた人々の中には、見知った顔もあった。

それは、クリスが連れていた例の使用人たちだ。

どうして私がそのことを知るに至ったかというと、それはクリスが、彼らを引き連れてアデルマイトに入国したからだった。

「スレンヴェールで宮廷魔術師長をしておりましたクリス・トワイニングと申します。ぜひ新しい国の国王、王妃様にお仕えしたく思います」

なんと、彼はスレンヴェールの宮廷に戻らず、旧アデルマイトまで私たちを追いかけてきたのだ。

面会を申し込まれた時は驚いたが、スレンヴェールから持ってきた多くの物資を寄付すると言われては、断ることもできなかった。

見栄を張ることもできないほど、国は貧窮していたので。

私はクリスに、早急に国土を富ませる魔術を研究するよう命じた。

一応その動向を探る意味でも彼には城に滞在してもらい、その使用人たちには荒れ果てた城を整えるための仕事をしてもらうことになった。

正直猫の手も借りたいぐらいだったので、これは本当に助かったのだけれど。

ジルの持つドライアドの能力で国内の情報収集を進めながら、グリードには国王軍の残党狩りをお願いしていた。

できることなら反発などせず恭順して新しい国作りに協力してほしかったが、同時に火種をいつまでも抱えておくことはできない。

ゲリラと化した彼らは農民から食料を奪い、野山に隠れ山賊のような存在になり下がっていたからだ。

「こんなことばかり、お願いして申し訳ありません」

私が謝ると、グリードはいつもどうでもよさそうな顔をした。

「別に、俺には国をまとめるなんて面倒なことはできん。こんな狭苦しい場所にいるより、荒事の方が性に合ってる」

そんな風に言うが、彼が本当は騒乱事を好まないのだと、だからこそずっと人の近づかない火山で眠っていたのだと、私は知っている。

そして、新しい国の名前は彼の名を冠して、『グリード竜王国』とした。

グリードを神聖視する旧革命軍からの熱い支持もあり、決まった名前だ。

内乱を繰り返した旧王族には国民も辟易《へきえき》としていたようで、新しい国の名は歓喜をもって受け入れられた。

私と同じようにグリードを慕う彼らを見ていると、私も嬉《うれ》しくて絶対に彼らを守らなければという気持ちになる。

幸い、グリードの後ろ盾のおかげで女であってもやりたいことをやれる環境を作ってもらっているのだ。彼のためにも力を尽くそうと、意欲が湧いた。

さて、人材の問題が一段落すると、次に解決しなければいけない問題は食料を含む物資の問題だった。

旧国王軍がゲリラ化したことから見ても分かる通り、旧アデルマイトの国庫は火の車だった。先祖代々の宝も既に売り払われ、最期に国王がかぶっていた王冠すらいくつかの宝石を抜き出した跡があった。

よくぞこんな状態で内乱を続けていたものだと思いつつ、感心している場合ではない。

冬になる前に食料問題をどうにかできなければ、せっかく生き延びた国民が死に絶えることになりかねない。

事態は切迫していた。

そして私は、ある決断を下した。

＊

「わたくしは単身スレンヴェールへと参ります」

そう宣言すると、新しく揃えたばかりの政務官たちは一様に目を丸くした。

「エリアナ様、単身というのはいくらなんでも……せめて軍をお連れください」

政務官の一人であるスレインが、反論のため立ち上がる。

だが、賢い彼のことだ。私がどうして単身などと言い出したか、話さなくても既に察しがついていることだろう。

「アデルマイトとスレンヴェールが国交を断絶してから、既に二年の時間が経過しています。いくら内戦が終わったからといって、軍を引き連れて国境を越えれば宣戦布告と受け取られても文句は言えません」

「ですが……」

その場にいる政務官たちは、心配そうに私を見つめている。

無理矢理呼び寄せて僅《わず》かな賃金で働かせていると言うのに、こうして私を心配してくれる彼らは本当にいい人たちだ。

そんな彼らの献身に報いるためにも、母国へ行って成すべきことを成そうと決意を新たにした。

「心配しなくても、わたくしはもともとスレンヴェールの公爵の娘です。悪いようにはされないでしょう」

胸を張ってそう言ったが、本当にそうなるとは言い難かった。

何せ私はスレンヴェールにとって、既に死んだはずの人間だからだ。

けれど、今そんなことを言う必要はない。

「スレンヴェールの王と掛け合って貿易を復活させ、何が何でも冬までに食料を確保しなければなりません。手形を発行して小麦を買い付けましょう。できうるならば援助も取り付けたいところです。幸い今年はかの国が豊作で、小麦の値段は下がっているそうなので、隣国のよしみでここは協力していただきましょう」

強い口調でそう言うと、政務官たちの目に少しの希望が浮かんだ。

大陸でも有数の勢力を誇るスレンヴェールの援助を得ることができれば、グリード竜王国の民はどれほど助かることだろう。

自分の肩に、数えきれないほどたくさんの命が載っていると感じた。

グリードの役に立つためにも、この任務は何が何でもやり遂げなければならない。

そんな、ここに至るまでの経緯を思い出しながら、空を仰ぐ。

私はグリードの眷属《けんぞく》であるという竜の背にまたがり、またしても空を飛んでいた。

シェリーという名前のこの小型竜は、真珠色の美しい鱗《うろこ》を持っていた。グリードと違って人の言葉は喋《しゃべ》らないが、雌なので気立てが優しく、動物に不慣れな私でもすぐに打ち解けることができた。

彼女は例の馬などと同じグリードが生み出した彼の眷属なのだそうだ。

人と違うとは分かっていても、こうして次々に新しい生命を生み出すグリードは、やはりとてつもない魔力を秘めているのだと実感させられる。

シェリーはグリードほど速くは飛べないそうで、グリードの背に乗って来た時はあっという間だった距離も、数日はかかるということだった。

単身でとは言ったものの、スレンヴェールへの旅路にはジルも同行している。

彼女の役目は、私の世話兼連絡係兼護衛だ。グリードが、ジルだけはどうしても連れて行くようにと言って譲らなかった。

まあジルは一見か弱い美女にしか見えないので、私も問題ないだろうと了承した。

それ以前に、小さくても竜に乗って入国した時点でだいぶ警戒されると思うのだけれど、それはそれだ。

そして私の胸元には、内乱が終わったので外交を再開したい旨を記したダンテス伯爵からの手紙と、グリードに与えられた鱗、それにグリード名義の親書が収められていた。

鱗はグリード竜王国の王が、正真正銘の竜であることを証明するものだ。

親書は私が書いて、グリードがサインをした。援助を願う大切なものだ。

二度と帰らない覚悟でいた宮廷に、特使という理由があったとしても向かうのは気まずいものがある。

ほとんど空の上で過ごす旅程の間に、私はどうやってスレンヴェールの首脳陣を納得させようか考えを巡らせていた。

王は……そして父は、生きて戻った私に一体どんな反応をするだろう。悲しいかな、喜んでくれるとは思えなかった。きっと戸惑い、もしかしたら役目を果たせなかったのではと疑うかもしれない。

クリスの話によれば、彼は王に辞任を申し出た際、私が竜といることを報告したのだそうだ。

だが、それを聞いていた人々は半信半疑で、彼の言葉を信じた者は少なかったという。

そのために証明のための鱗を持ってきたわけだが、果たして猜疑心《さいぎしん》の強いあの王がこれで信じてくれるだろうか。

今になって思うことだが、絶えず息子二人を競うように仕向けていたあの王は、為政者としては優秀でも人としては酷薄だったと思う。

私は過去を思い出しながら、かつて婚約者であった王太子に同情した。当時は分からなかったが、外から客観的に見てみると気付くこともある。

彼は彼なりに、必死だったのだろう。私の父である、リュミエール公爵の機嫌を取るのに。

アルヴィンの弟であるステファン王子の母は、スレンヴェールの名門であるグランスフィール公爵家の姫だ。

対して第一子であるアルヴィンの母は、伯爵家の出身。

王太子に任命されていたとはいえ、その立場がいつひっくり返されてもおかしくない。

ならばたいして愛していない婚約者にこだわるよりも、父の言う通り妹に乗り換えてリュミエール公爵に恩を売った方が得だ。

そんな簡単なことが、当時の私には見えていなかった。

ただ見捨てられたと嘆き悲しむばかりで、大局が見えていなかったのだ。

今になってそれが分かるなんてと感傷に浸っていたら、遠くの地平に城の尖塔《せんとう》が小さく見えてきた。

それを知らせるように、シェリーがピィィィと高い鳴き声を上げる。

私はここまで運んでくれた彼女の背中を、ゆっくりと撫《な》でた。その間にも、平地に広がる王都がどんどん近づいてくる。

スレンヴェールの王都は、城塞《じょうさい》都市だ。自分が住んでいた街を、こうして上空高くから見ることになるなんて思わなかった。赤茶色の屋根が続く街は、離れてそれほど経っていないはずなのにひどく懐かしく思える。

「ああ、ダメよ！」

そうしている間に、シェリーは猛スピードで城門を乗り越えてしまった。

街の人々がこちらを指さして驚いているのが見える。

本当なら外交問題にならないよう、きちんと城門で許可を受けてから街に入りたかったのだが……。

だが、目的地に着いたということで高揚しているのか、手綱を引いてもシェリーはちっとも反応してくれない。

止まるどころか、ぐんぐんスピードを上げて城に突っ込んでいくつもりのようだ。

「シェリー止まって！」

私が思わず悲鳴を上げるのと、ようやく我に返ったのか、シェリーは滑空をやめふわりと上昇した。

「おい、何だあれは！」

「化け物だ！」

下で衛兵たちが騒いでいる。

私は頭を抱えたくなった。

まるでごめんなさいとでも言いたげに、シェリーがゆっくりと王宮の中庭に着地する。

さて、厳重に警備されているはずの城の敷地内に無理矢理立ち入った挙句、いたずらに人々を驚かせてしまったのだ。ここから一体どうやって、外交交渉をすればいいのだろうか。

＊

小型でも竜の突然の訪問に、人々は驚いたようだった。

瞬く間に王宮を守る兵士たちに取り囲まれ、長い槍《やり》を差し向けられる。

その尖《とが》った切っ先に本能的な恐怖を感じたが、特使としてグリードの名誉を汚すような行いはできないと、ジルの手を借りてゆったりとシェリーの背を降りた。

「何者だ！」

「ここが城内と知っての狼藉《ろうぜき》か⁉」

兵士たちもまた、竜という未知の存在に冷静さを欠いているように見えた。

「わたくしは、当代竜の花嫁であるエリアナ・リュミエール。強欲の竜であるグリード様の命により、隣国アデルマイトより親書と革命軍代表ダンテス伯爵からの手紙をお持ちいたしました。その穂先を下ろしてくださいませ。わたくしは国賓としての扱いを希望します」

できるだけ余裕のある態度を心掛けたが、無数の槍が向けられた状況で強い心を維持するというのは難しい。

グリードは容易《たやす》く傷つけることはできないと言っていたが、私自身は私の体がどのように変質してしまったのかも分からないのだ。

「ば、化け物！」

その時、動転した一人の兵士が槍を構えたままシェリーの体に突撃しようとした。

ここまで乗せてくれた優しい竜に、怪我などさせるわけにはいかない。

咄嗟《とっさ》に私は兵士の前に飛び出し、シェリーを守るように両手を広げていた。

ただの公爵令嬢をしていた頃の私なら、こんな恐ろしいことなどとてもできなかっただろう。

後で知ったことだが、グリードの涎《よだれ》を浴びたことで私は俊敏さなども強制的に底上げされていたらしい。

「エリアナ様！」

そばにいたジルの、悲鳴のような声が聞こえた。

槍の切っ先が、深く私の体に突き刺さったのが分かった。

＊

痛い。痛い。痛い。

迂闊《うかつ》な自分を恨むほどの、それは激しい痛みだった。

一度は死を覚悟したことのある私でも、痛みに耐性があるわけじゃない。

燃えるような痛みの中で、私は意識を手放した。

見たのは悪夢だ。苦労して勝ち取った婚約者の地位を、妹に奪取される。

そしてそのことに不満一つ言えない、気の弱い私。

心の中は醜い感情で満たされているのに、逃げるように竜の花嫁になると願い出た。

驚いたような両親の顔。けれど私を持て余していた彼らは、いたし方ないと言ってその要求を受け入れた。

本当は止めてほしかったのに。愛していると一言言ってくれるだけで、私の痛みは癒やされたのに。

渇きがひどい。

手を伸ばして。叫んだ。ずっと言えなかったこと。

捨てないで、私を。愛して。仕方ないと諦《あきら》めないで。

取り乱して、涙の一つも流せば何かが変わったのかしら。

はしたないからと、感情を殺して生きてきた。

荒れ狂う感情の波。

荒れ狂う海に放り出されて、一人では息をすることもできない――。

＊

「はあっ、はあっ、はあっ！」

自分の呼吸音に目が覚めた。

体から流れた汗で服がぐっしょりと濡《ぬ》れている。

滲《にじ》む視界に、心配そうなジルの顔が見えた。それと、白い髪を短く切りそろえたかわいい女の子。

額にぽこりと、小さな角が生えている。

「わ、わたくしは……？」

起き上がったのは柔らかいベッドだった。

重いビロードの天蓋《てんがい》。広い部屋の中には、私の他にジルとその少女だけ。

建築様式からして、おそらく城内の部屋のどれかだろう。

私は記憶が途切れる前の出来事を思い出した。槍で刺されて、そして気を失ったのだ。

恐る恐る刺されたはずの場所に手をやると、そこには傷も痛みもなかった。

記憶違いだろうかと不安になるが、確かに最後の記憶はそこで途切れている。

「気付かれてよかった。随分うなされていらしたので」

ほっと顔を緩ませるジルと少女に、まずは何から尋ねるべきだろうかと頭が混乱する。

「ご安心ください。グリード様の加護で傷はすっかり癒えておりますよ。あのあとリュミエール公爵という方がいらっしゃいまして、エリアナ様が確かに娘であると証明してくださいました」

どうやら、私が気を失っている間に色々なことがあったらしい。

気を失った状態で久しぶりに父と対面したのかと思うと、それどころではないのに情けないような奇妙な気持ちに襲われた。

すると私の表情を読んだのか、白い髪の少女が気づかわしげに身を乗り出してくる。

私は反射的にそのかわいらしい少女の頭を撫でた。

彼女はされるがまま、気持ちよさそうに目を細める。

「シェリーはすっかりエリアナ様になついているのですね。角のある竜は頭に触れられるのを嫌うと言いますが」

「え、シェリー?」

それは確か、私たちをここに乗せてきてくれた小型竜の名前だったはずだ。

名前を呼ぶと、少女は嬉《うれ》しそうに赤い目を輝かせた。

「うー!」

人型になっても、シェリーは言葉を喋《しゃべ》れないようだった。

けれどその艶《つや》やかな白い髪は彼女の滑らかな鱗《うろこ》と同じ色で、なぜだかすとんと納得することができた。

「心配してくれたのにね。ありがとう」

温《ぬく》もりが欲しくて、私は思わず彼女の体を抱きしめていた。

人の子どもの姿をしていても、その体はひんやりと冷たい。

興奮した彼女のお尻《しり》から、突然ずぼっと白い尻尾《しっぽ》が生えた。鱗の生えた、よくしなる細い尻尾。

それがグリードが感情を昂《たかぶ》らせた時と同じ反応で。

これは間違いなくシェリーだと、私は思わず笑ってしまったのだった。

*

「エリアナ、生きていたのか……」

見舞いにやってきた父の顔には、はっきりと「迷惑だ」と書かれていた。

ベッドから降りようとした私を、ジルがやんわりと制する。

確かに、槍に突かれた人間がすぐに立ち上がってはおかしいだろう。

私はゆっくりと、ベッドの中から会釈した。

「なんと言っていいのか。エリアナ、一体どういうつもりなんだ？　こんな形で、国を騒がせるなど」

父の声音には明らかに、叱責の要素が含まれていた。

私は、悲しいと感じる自分の心にふたをする。

喜んでくれるはずなどないと、分かっていたことだ。不要になった娘が持参金もなく片付いて、むしろ彼らは好都合だと思っていたはずなのだから。

それなのに、複雑な事情を抱えた娘が尋常ならざる形で舞い戻った。

事と次第によっては、リュミエール公爵家に不利になると判断したのだろう。

けれど、私はむしろほっとしていた。

むしろ今更惜しまれたら、決心が鈍っていたかもしれない。

私が心から従うのは、グリードだけ。

そのことを確認できてよかったのかもしれないと、口元には無意識に自嘲《じちょう》の笑みが浮かんだ。

「何がおかしい？」

父の問いかけに、私は笑みを浮かべたままで返した。

「相変わらずの俗物ぶりで、安心いたしましたわ」

「何だと？」

父が、その小さな目を剥《む》いた。

今まで従順だった私が、反抗してくるなんて思いもよらなかったのだろう。

少し前ならこんなこと恐ろしくてとても言えなかったはずだ。けれどあの火山の口で一度死んだ私は、父のその顔を見ても後悔を覚えることはなかった。

もう自分とは関係のない男。彼をそうとしか思えなかったからだ。

「わたくしは隣国――グリード竜王国より、正式な使者として参りました。ご心配なさらなくても、わたくしとの関わりの一切を否定していただいて結構です。もう、リュミエール公爵家の娘ではないと」

「グリード竜王国？　何を馬鹿な」

どうやら、ここしばらくのアデルマイトでの出来事はまだスレンヴェールに届いていないらしい。

不審そうな父の反応は無理もない。

実際目にした私だって、いまだに半信半疑でいるのだ。グリードがあっという間に、アデルマイトの内乱を鎮めてしまったことを。

「隣国アデルマイトは、新生グリード竜王国として竜であるグリード様の支配下に入りました。わたくしは特使として、そのことをスレンヴェールに伝えるために来たのです」

「さっきから、何を世迷い事を言っているのだ。死ぬのが恐くなって舞い戻ったのだと、そう正直に言えばいいものを」

父の反応は、ほぼ予想通りだった。

どうやら彼は、竜の花嫁に立候補した私が怖気づいて帰ってきたのだと判断したらしい。

確かに、それは事実よりも圧倒的に現実的で、実際に目にしていなければ私自身そうなのではないかと自分を疑ってしまいそうなところだ。

だが今までの出来事の証明であるジルと、そしてシェリーが確かにここにいる。シェリーは父が気に入らないのか、威嚇のためにぐるぐると喉《のど》を鳴らしていた。

「なんとでも。とにかくわたくしは、国王様に謁見を申し込むつもりです。我が主の用を果たさねばなりませんから」

「やめろ！　これ以上我が家の恥をさらすつもりか！」

父の恫喝《どうかつ》に、思わず体が竦《すく》みそうになる。

けれど、もう昔の私ではないのだと、父の言いなりになってすべてを諦めていた頃の私ではないのだと、じっと彼を睨《にら》みつけた。

「父に向かって、なんて目をするんだ」

「もう、父でも娘でもありません。公爵様なら、特使の扱いが外交的にいかに重要であるか、ご存じのはずでしょう?」

「哀れなエリアナ。お前は混乱しているんだ。すぐにお前に合う修道院を探すとしよう。謝るのなら今の内だぞ」

貴族の若い女性にとって、修道院送りは最も恐れるべき刑罰だった。

清貧を旨とする修道院で、結婚することもなく死ぬまで暮らすのだ。北部のそれでは餓死者や凍死者が出ることもあり、死刑がない貴族への罰として最上位に位置していた。

「ここで何を言っても、押し問答にしかなりません。他の、もっと話の通じる方を呼んでください。グリード様に関しては、トワイニング宮廷魔術師長様から報告があったはずです」

頑として言い返すと、父は処置なしとばかりにため息をついた。

以前の私ならそれだけで自分のすべてを否定されたような気持ちになったことだろう。今はただ、自分の父親はこんな頑なな男だったのかと、気付くことのできなかった過去の自分を恥じた。

お互い引く気配のないまま、室内に沈黙が落ちる。

だが、間もなくしてその沈黙は騒々しい声によってかき消されてしまった。

「お父様！　お姉様がお戻りになられたというのは本当ですか⁉」

声の主は妹のルーナ・リュミエール。そしてドアから飛び込んできた彼女の後ろには、かつての婚約者であるアルヴィン・ファレル・スレンヴェールが呆然《ぼうぜん》とした顔で立っていた。

久しぶりに会った妹は、何から何まで変わっていなかった。

ゆるくウェーブした薄紅色の髪に、春の空のような薄い青色の目。フリルの沢山ついたドレスがよく似合っている。天真爛漫《てんしんらんまん》で、誰にでも愛される。愛しく憎い私の妹。

「殿下、ベッドに入ったままで失礼いたします」

私はまず、立ち上がって礼もできずにいることを元婚約者に詫《わ》びた。

無理をすれば立てなくもないだろうが、父の時に出なかったものを王太子が来たからと言って這《は》い出すのも妙なことだ。

父は先ほどまでと一転して、にこにこと好々爺《こうこうや》然とした顔で妹を見つめていた。

一体何が、彼をそうさせるのだろう。私たち姉妹の間にどうしてこれほどの差がついてしまったのか。

「いや、無理はするな」

平静を装いつつも、アルヴィンの慌てぶりは明らかだった。

口元は引きつっているし、どことなく目も泳いでいる。

私はかつて、彼の婚約者の座を射止めようと血の滲むような努力をした。アルヴィンの様子を入念に観察して、できうる限り彼の希望を叶《かな》えようとした。

その昔取った杵柄《きねづか》が、こんなところで役に立つなんて。

全く人生というのは、どこまでも皮肉なものである。

「お姉様！　お怪我をなさったと聞きましたわ。ご無事でよかった！」

そう言いつつ、彼女は私に近寄るでもなく、傍らにいたアルヴィンと腕を組んだ。

まるで、自分のものだと強く主張するかのように。

「ありがとうルーナ。心配いらないわ」

もはや習い性のように、そう口にする。

思えば今まで、ルーナと喋るときはいつも最低限の言葉で済むように気を使ってきた。

言い争うのは無駄なことだ。いつだって私が悪いことになる。だから私にできる抵抗は、いつだって彼女の意見をおとなしく丸のみにすることだけだった。

「お戻りになられてよかった！　もうずっとこちらにいられるのよね？」

まるで私がいなくて寂しかったとでも言いたげに、彼女は言った。

「ごめんなさい。それは無理だわ。わたくしは忠誠を誓うお方がいるの。だから、用が済んだらすぐそちらに戻るわ」

ルーナの顔に安堵《あんど》と好奇心が宿るのを、私は見逃さなかった。

分かっている。彼女は私がいなくなって残念などと、本当は欠片《かけら》も思っていないのだ。

だから、王太子の婚約者の座を奪い返されるのではないかと、彼女は警戒した。そしてそうではないと知ると、今度は私が仕える相手の方に興味を見せた。

「まあ！　我が家の長女であるお姉様が、誰かにお仕えになるなんて……。それはさぞ、位の高いお方なのね？」

「ルーナ、容易《たやす》く口を利くな。エリアナと我がリュミエール家は、もう何の関係もない」

父がいらだたしげに妹を注意する。

その言葉に反応したのは、驚いたことにアルヴィンの方だった。

「リュミエール卿《きょう》。それはどういうことだ？　こうしてエリアナが無事戻ったというのに、貴公はそれを認めないつもりなのか？」

私は少し意外に思った。

以前の彼ならば、すでに婚約者でもない私がどうなろうとも、全く気にかけなかったことだろう。

「その娘は、心を病んでいるようだ。なのでできるだけ早く、修道院へ送るつもりでおります。お騒がせして、大変申し訳ない」

「だが……」

「アルヴィン殿下。これは我が家の事情です。口を挟まれるのは専横かと存じます」

丁寧な口調の中には、かすかな侮蔑《ぶべつ》があった。

妹を嫁にすると決めた王太子のことを、どうやら父はあまりよく思っていないらしい。

自分でルーナを嫁にと願い出たくせに、いざ手放すとなったら惜しくなったのだろう。我が父ながら、勝手なことだ。

「差し出がましいことを言うようですが、エリアナ様は修道院には行かれませんよ」

人が増えて混乱し始めたその場に一石を投じたのは、意外なことに私のそば仕えであるジルだった。

「エリアナ様はいずれはグリード竜王国の王妃になられるお方です。そのようなところに送られては困ります」

ジルが極上の笑みを浮かべた。

緑の肌を持つ彼女を胡乱《うろん》げに見ていた人々も、その笑顔には一瞬心を奪われたようだ。

「何を馬鹿な……」

「王妃⁉　お姉様は王妃になるの⁉」

狼狽《ろうばい》する父の言葉を遮って、ルーナが甲高い声を上げた。

耳が痛くなるような声を不快に思い、そして私は、そう思った自分に驚いた。

以前は、ルーナに対して何の感情も抱かないようにしていたから。

彼女が私から奪ったものを、数えればきりがない。けれど一度でも恨んでしまえば、もう自分の居場所はなくなってしまうと幼い頃から無意識に感じていた。

家を出て、私はようやく自分の心を取り戻したということなのかもしれない。

嫌なものを、嫌だと言える強さを。

「すべては、陛下の御前でご説明いたします。殿下、謁見の許可を取り計らっていただけますでしょうか？」

何をおいても、まずはグリード竜王国の民のため役目を果たさなくては。

まっすぐに彼を見つめると、なぜか彼は少し驚いたように目を見開いた。

以前のエリアナは、俺の目をまっすぐ見つめて意見できるような女ではなかった。

いつも一歩後ろに下がり、どんな時でも相手を立てる。礼儀作法は完ぺきで、決して出過ぎた真似はしない。

*

まるで影のような、そんな物静かな女だった。

——だが、久しぶりに会った彼女はどうだろう。

腹を槍《やり》で刺されたと聞いた。突如現れた竜に興奮した門番が、動転して刺したのだと。

集まった人の中に彼女を知る人物がいて、特別に客人として治療を施されることになった。

だが治療に当たった侍医の話では、刺し傷などどこにも見当たらなかったという。その場にいた人物はほぼ全員彼女が刺された現場を見ていたし、実際纏《まと》っていた服は血で汚れていたにもかかわらず、だ。

侍医は何がしかのトリックを使ったのではないかと言っていたが、竜の花嫁となったエリアナが特別な力を授けられて帰ってきたのだと、オカルティックに考える者も少なからずいた。

先日宮廷魔術師長が国王にした申し入れは、まだ一部の者にしか知られていない。だが、それも時間の問題だろう。

とにかく、父である国王は彼女との対話を望んでいる。

一体何がどうなっているのだと、俺は変わってしまった元婚約者を見下ろした。

老人のような白髪に、神秘的な紫色の瞳《ひとみ》。

以前は数ある花のうちの最も地味な花であったが、今はどこか大輪のバラのごとき迫力を感じさせる。

そして彼女について離れない召使たちもまた、異質だった。

緑一色の色彩を纏う、美しい女。そして竜が消えて突然現れたという白い髪と獣の目の少女。

一目で、ただ人ではないと分かる二人だ。

竜の花嫁という結末を選んだ娘はいったいどんな運命を辿《たど》ったのだろうかと、俺は背筋が冷たくなるのを感じた。

「すべては、陛下の御前でご説明いたします。殿下、謁見の許可を取り計らっていただけますでしょうか？」

彼女の目には、有無を言わせぬ強さがあった。

まるで別人のようなその迫力に、気付けば頷《うなず》いていた。

「あ、ああ。陛下はお前とお会いになるそうだ。ひとまずは怪我を癒やして、謁見はそれから――」

「いいえ！」

俺の言葉は、強い否定によって遮られた。

「わたくしのことならば大丈夫です。許されるのならばすぐにでも……」

そしてベッドから出ようとした彼女は、そばにいた緑色の女によって押しとどめられていた。

「エリアナ様。グリード様のお力によって怪我を負わぬ体になったとはいえ、あなたさまが受けた衝撃は刺された人間のそれと変わりありません。人はそうと思い込めば無傷であろうとも死に至る生き物。ご無理はなさらず、今はゆっくりとお休みくださいませ」

「怪我を負わぬ体……だと」

それは、人間がどんなに求めようとも与えられない、神話の英雄が苦難の末にようやく神から与えられるような、人知を超えた加護だった。

彼女が槍に突かれた直後だと知らなければ、何を戯言《ざれごと》をと思っただろう。

竜について我が国に伝わっている伝承は少ない。だが、そのグリードという竜が本当にエリアナに加護を与えたというならば、それは人や竜という種族の違い以前に――神の領域だ。

「何を戯言を言っているんだ」

公爵は女の言葉を信じていないようで、その顔には呆《あき》れも露わだった。

「お姉様は疲れていらっしゃるんですわ。まずはゆっくりとお休みになって……」

ルーナも信じてはいないのだろう。その言葉の端々に、姉への同情が感じられる。

「そうはいきません。わたくしはグリード様のしもべ。一刻も早く、そのご意向を果たすのです。グリード様の望みこそが、わが望み。そのためならばこの体がどうなろうと些細《ささい》なこと。殿下、陛下のご都合がつき次第、わたくしは参ります」

そう言って、結局彼女は緑の女の手を振り切った。

部屋の中には家族以外に俺もいるというのに、ネグリジェのまま這い出してくる。

俺は彼女の勢いに、すっかり気圧《けお》されてしまった。

――この女は、一体誰だ？

俺の知るエリアナは、恋愛遊戯にうつつを抜かす令嬢と違って、絶対にこんなことをするような女ではなかったのに。

「分かった。陛下にはそうお伝えしよう」

「殿下！」

公爵が諌《いさ》めるように声をあげたが、俺はそれを無視した。

そもそも、俺はこの国の王太子だ。いくら公爵が外父になる予定だからといって、彼に俺の行動を制限する権限はない。

「公爵。私的な発言は控えてもらおう。彼女が隣国の特使だというのならば、国は相応の対応をするまでだ」

「しかし……っ」

「くどい。私はもう行く。エリアナ、時が来るまではゆっくり休めよ」

これ以上病人を騒がせるのも気が引けて、俺は足早に部屋を出た。

自然、ルーナを置き去りにする形になったが、これから父に話すべきことを思うとそんなことはすぐにどうでもよくなってしまった。

＊

アルヴィンの取り計らいで、三日後には特別に謁見が許されることとなった。謁見というのは通常、申し出てから早くともひと月はかかるものなので、私はその速さに驚いていた。

一方で父は、最後までこの謁見に反対していた。私にも何度も謁見を取りやめるようにと脅しに来たが、彼の言葉に耳を貸すことはなかった。

国王にも何度もその必要はないと進言したらしいが、いくら名門貴族の当主とはいえ王が望めば反対しきれるはずもない。

広々とした謁見の間には、どこから湧いたのか物見高い貴族であふれていた。急に決まったはずなのに、これだけの人が集まるのかと呆れてしまう。生きて戻った竜の花嫁を一目見ようと、広間の後方はひどくごった返していた。

「面を上げよ。直答を許す」

玉座に座る国王に、両脇に立つ王子たち。

私は広間の真ん中で、かがんでいた体をまっすぐに伸ばした。

ジルやシェリーの同席は認められなかった。私は人々に遠巻きにされながら一人、たとえどのようなことになろうともグリードのしもべである自分を貫こうと決めていた。

「まずは、よくぞ戻った。当代竜の花嫁。エリアナ・リュミエール」

嫁ぐはずだった王家を、こうして完全なる部外者として俯瞰《ふかん》するのはなんだか不思議な気分だ。

「リュミエールの名は捨てました。今はただエリアナと、そうお呼びください」

一息で言い切ると、成り行きを見守っていた貴族たちがざわついた。

父との確執は、遅かれ早かれ宮廷雀《すずめ》の格好の獲物になるはずだ。だが、構わない。

以前のように父に怯《おび》えてばかりいては、何も成すこともできないのだと私はもう知っているから。

「では、エリアナ。宮廷魔術師長クリスより、そなたが強欲の竜を目覚めさせ行動を共にしているとの報告があったが、これは真か？」

世迷い事を――そう王の目は語っていた。

「はい。真でございます」

「ほぉ……」

アルヴィンよりどちらかというと弟のステファン王子に似た国王は、興味深そうに顎《あご》の鬚《ひげ》を撫《な》でた。

「これはこれは、まさか伝説の存在を引っ張り出すとは、姫にはずいぶんと竜の花嫁としての適性があったようだ」

国王の声音から、彼の感情を読むことはできない。

愉快そうではあるけれど、その奥には底知れない何かを感じる。

一度王太子の婚約者に指名されたことがあるとはいえ、相対すると国王から感じる威圧感は想像以上だった。

「なあ、アルヴィン？」

まるで嬲《なぶ》るように、王は自らの息子に話を振った。

姉から妹へ婚約者を変更した息子を、試すかのように。

しかし慣れているのか、アルヴィンの対応もそつがない。一言「そのようですね」と口にした後、彼はそれきり口を閉ざしてしまった。

「それで。そなたはアデルマイトからの特使として来たと聞いたが、間違いはないか？」

王の問いかけに、私はゆっくりと首を振った。

「陛下。かの国はもう、アデルマイトではございません。強欲の竜グリード様の名を戴《いただ》いた、新生グリード竜王国へと生まれ変わったのです」

その場にいる人間たちがざわついた。

どういうことだとでもいうように、彼らは顔を見合わせている。

一方でアルヴィンと国王は、あらかじめ知っていたからか表情を変えるようなことはなかった。

「へえ、強欲の竜はグリードと言うのですか。それで、その竜が長年続いたアデルマイトの内乱を平定したと？　クリスから竜について報告があったのはつい先日のこと。アデルマイトの戦争が終わったという話もまだこちらには伝わっていない。そんなにも早く、アデルマイトの国中を覆っていた騒乱がなくなるものかな？　たとえそれが、人ならざる者の力を用いたとしても」

口を挟んだのは弟王子であるステファンだった。

彼の声にはどこか、事態を面白がるような響きがある。そんなことあるはずがないとでも言いたげだ。まだ若いからなのか、品行方正な兄と違ってどこか幼い雰囲気を残している。

「でたらめだ」

「ありえない」

人々のざわめきが、うねりとなって耳まで届く。

けれど私は、彼らの態度に臆《おく》している場合ではなかった。

「殿下、グリード様のお力は強大で、人如きがたやすくあらがえるものではありません。アデルマイトではグリード様のお力添えによって、革命軍が勝利しました。わたくしはそのことを伝える第一の使者。さらに詳しい情報は、追って方々からもたらされることでしょう」

口にはしなかったが、スレンヴェールでも秘密裏にかの地への細作を放っているに違いない。それらが戻れば、自然と私の言葉も証明されることだろう。

慌てる必要はないのだと、私は自分自身に言い聞かせた。

「信じがたい話だ」

そして静かに、王は言った。

「ただアデルマイトの革命軍が勝利したと言われた方が、まだ信じられる。新政府に助力を請われれば、こちらとしては協力を惜しまない」

援助の話を切り出す前に王が口にしたので、私は思わず身を乗り出してしまった。

その言葉が聞きたくて、はるばるこんな来たくもない国までやってきたのだ。

「でしたら……」

「だが、それとそなたの話を信じるというのは、また別の話だ。そなたは一度、我が息子アルヴィンの婚約者となった娘。だが、咎《とが》なくその地位を追われ、そして自ら竜の花嫁になると名乗り出た」

過去を語る王の言葉に、私はじっと耐えるようにに耳を傾けるほかなかった。

「さぞ悔しかったであろう。無念であっただろう。父を、アルヴィンを、そして我が国を憎んでも、仕方のないことだ。そんなそなたの言葉を、鵜呑《うの》みにするわけにはいかぬ」

背後に、さざ波のようなざわめきが満ちた。嘲笑《ちょうしょう》や、同情に隠した嘲《あざけ》り。

思わず、言葉もなく立ち尽くす。

やはり王は、黙って私を受け入れる気などなかったということだ。

だが、このままやられっぱなしではいられない。私はグリードの名を背負ってこの場に立っているのだから。

「陛下、そのようなことを言ってよろしいのですか？　もしわたくしが言ったことが本当であれば、陛下はみすみす竜との対話の機会を失うことになるのですよ？」

「竜と、対話だと？」

「ええ。グリード様は、三日で内乱を平定できるほど圧倒的な力を持っています。その刃《やいば》がこの国に向けば、どれほどの脅威になるかは説明するまでもないですわよね？」

背後の貴族たちがざわめく。

曰《いわ》く不敬だとか、図々しいとか、そういう罵《ば》詈《り》雑言《ぞうごん》の類《たぐい》だ。けれどそんなものに慣れきっている私は、今更改めて傷つくようなことはなかった。

あいつらは、ああやって群れて悪口を言うしか能がないのだ。そして悪口を言われたからといって別に命を取られるわけではない。

「これはこれは、随分と自信があるのだなあ」

「これが証拠ですわ。陛下」

そう言って、私は胸元からグリードの鱗《うろこ》を取り出した。

赤く光る宝石のような、薄く美しい鱗。

「ほう、なんとも美しい……」

「これは竜の鱗ですわ。グリード様が王に立った証明です」

「どれ、間近で見せてもらおう」

「陛下、危険です！」

王を守る近衛隊長が制止の声を上げた。

私は鱗を受け取るために近づいてきた侍従を横目に、口を開く。

「残念ながら、この鱗は私以外の者が触ると指が腐り落ちてしまうのです。そしてその特異性こそが、これが真に竜の鱗である証」

広間に満ちるざわめきが一瞬静まり返った。

そしてそのあとすぐに、先ほどまでのそれを凌駕《りょうが》する喧騒《けんそう》に包まれる。

「馬鹿馬鹿しい！」

気分を害したらしい近衛隊長が近づいてきて、私から鱗を取り上げる。

そして次の瞬間、彼はその場に崩れ落ちた。

「あぁぁぁ!?」

彼の指から、肉の焼ける不快な臭いがした。

じゅうじゅうという音と、指先の部分が腐り落ちた籠手《こて》。

私は慌てて彼が取り落とした鱗を拾い上げた。それが気に障ったのか、近衛隊長が立ち上がり剣に手をかける。

「陛下になんてものを渡そうとするのだ貴様!」

触ってはいけないと言ったのに、無理矢理取り上げたのはこの男の方だ。

その理不尽さに驚きながら、私は更に後ずさった。

近衛隊長を止めてくれと国王を見上げれば、王は嫌に嗜虐的な笑みを浮かべて玉座に座っていた。

まるでこんな展開になるのを待っていたような顔だ。

その顔を見て、私はようやく悟った。

王がわざわざ私なんかの希望を受け入れ、他の貴族にも公開した上で謁見を許可したのは、私という嘘《うそ》つきが、国に害をなすのを防ぐため。

エリアナ・リュミエールはすでに公爵の娘ではなく、国家に恨みある者として貴族たちに周知させるためだったのだ。

例えば私が秘密裏に、竜の名前を触れ回りそれを信じた貴族たちから資金援助を求めたとしたら、公爵令嬢という地位も相まって多くの協力者を得ることになっただろう。

王が防ぎたかったのは、まさしくそんな事態だったのだ。

こうして私をつるし上げにすることで、エリアナの言葉に耳を貸してはいけないと貴族たちに釘《くぎ》を刺した――……。

「恐ろしい！」

「自らの思い通りにならないからといって、王を害そうとするなど！」

「生贄《いけにえ》の儀から逃げ帰った死に損ないに厳罰を！」

背後の集団の中から、私を非難する声が上がり始めた。

おそらくあらかじめそう言うよう命令されていたのだろう。集団心理を牽引《けんいん》するために。

そして小さな声はやがて、周囲の人を巻き込んで罵詈雑言の嵐となった。私に襲いかかろうとする人もいて、それを待機していた衛兵が必死に止めていた。

私は、思わず笑い出したくなった。こんなに何もかもうまくいかないなんて、いっそ見事だ。運命の神に呪われているとしか思えない。

今更何を言っても、この騒ぎを鎮めることはできないだろう。

王が、冷たい目で私を見ている。

アルヴィンは、動揺しているようだった。

彼は、こうなる予定だとは知らされなかったのかもしれない。知らされたところで、今更どうなるものでもないが。

その時だった。広間の中に、甲高い声が響き渡ったのは。

「皆様、お静まりになって！」

声の主は、驚いたことにルーナだった。

王太子の婚約者ということで王妃の近くに控えていたルーナは、まるで舞台の上にいるヒロインのように前に進み出た。そして己の美貌《びぼう》を存分に群衆に見せつけた後、王に向かって深い深いお辞儀をした。

「陛下、我が姉のご無礼を、どうかお許しくださいませ」

彼女の口から出たのは、思いもよらない言葉だった。

だが――。

「姉がこのような騒ぎを起こしたのは、すべてアルヴィン様の婚約者を下ろされた悔しさゆえでしょう。私たちはそのことに気付かぬまま、姉を竜の花嫁へと送り出してしまった。すべては我がリユミエール家の監督不行届きでございます」

甘えた舌っ足らずはなりを潜め、ルーナは王に向かって正々堂々と意見した。

父である公爵すら押しのけ、許可なく王に直答するなど普段ならば到底許されることではないが、その場の空気が、彼女の暴走を許した。

暴走？　いいやこれは、彼女が目立つための格好の舞台だ。

「陛下の、そして皆様のお怒りはごもっともですが、どうか矛をお納めください。姉の悲しみに気付けなかった、私が悪いのです。私が姉を、こんな卑劣な犯罪に走らせてしまったのです！」

そして彼女は、涙を拭《ぬぐ》った。

「お許しくださいい陛下！　どうかこの哀れな姉を‼」

当事者であるはずなのに、なぜ私は部外者のような気持ちでこの舞台を見ているのだろう。

恐ろしさよりもむしろ、ひどくしらけた気持ちだった。

ああ馬鹿らしい。今までこんな女のために思い悩んで、人生を捨てようとしていたなんて。

私の中で、何かが弾けた。

それは怒りだったのか、それとも――。

「うぐ……っ」

まるで、体が燃えるようだった。

激しい感情が入り乱れて、頭が真っ白になった。

そして喉《のど》の奥から、煮え滾《たぎ》るマグマのような何かがこみ上げてくる。

熱い。まるで火口に飛び込んだあの時のようだ。一瞬で体が燃え尽きてしまいそうだ。

「お姉様？」

「エリアナ様！」

崩れ落ちた私に、不審がるルーナの声。そして駆け寄ってきたのはクリスだった。

まぶたの奥でちかちかと火花が散る。

一体何が起こったというのか。

「あつっ」

私に触れようとして、クリスは慌てて手を離した。

まもなくジルとシェリーが駆け寄ってくる。

「これは……」

ジルが恐れ慄《おのの》くように言った。

いつも余裕がある彼女が、不安げな顔をしている。

どうしたのかと尋ねるために口を開いたが、出てきたのは全く別の言葉だった。

『全く、これほどとはな』

それは、私のものとは違う低い声音。

(グリード様の声だ)

私を見下ろす人たちが皆、目を見開いている。まるでそれが、膜を隔てたように遠くのことに感じられる。

「あなたはまさか、強欲の竜か?」

あっけにとられる人々の中で、そう尋ねたのは唯一グリードと会ったことのあるクリスだった。

気を失いそうな熱さの中で、国王たちがたじろいでいるのが遠目に見える。

ジルは植物なので、熱を発する私には近づけないようだった。シェリーが心配そうに、こちらを見下ろしている。

『エリアナに母国へ戻る気があるのならば、手放してもいいと思ったがどうだ？　この国に、そんな価値はない。人に多少なりとも期待した、俺が馬鹿だったのか』

自分の口から吐き出されるグリードの声には、怒りと呆《あき》れが入り交じっていた。

私は彼に、謝りたくなった。特使の役目もまともに果たせず、申し訳ないと。

そして天を仰いだ。するとその時、驚くべきことが起きた。

明かり取りの巨大な天窓。丈夫な格子に固定されたガラスに、あるはずのないものの影が映ったのだ。

鮮烈な赤い鱗。そして窓に収まりきらない巨大な影。

それは容赦なくガラスを割り、そして鉄製の格子をもたやすくねじ曲げてしまった。爆音とともに天井が崩れ、天井に描かれていたフレスコ画の破片や細工の像が天井から降り注ぐ。

広間はすぐに大混乱になった。

貴族たちが我先に逃げようとして、ぶつかり合い悲鳴が起きる。

中には破片が当たったのか、血を流して倒れている者もいた。

一瞬にして、断罪の舞台は地獄絵図に姿を変えたのだ。

「エリアナ様。大丈夫ですか？」

ジルに抱きかかえられ、私は己の喉から苦しさが消えていることに気がついた。燃えてしまいそうだった体も、今ではなんでもない。

「どうやらグリード様は、エリアナ様の目を借りてこちらの様子をご覧になっていたようですね。あの方の感情の高ぶりが、そのままエリアナ様に悪影響を与えてしまったのでしょう」

「そんな……」

そんなことがあるのだろうかと、私は天井を見上げた。

天井が、徐々に腐り落ちていく。石を積み上げて造られた城だというのに。

その赤い鱗に触れたものはすべて、元の形を保ってはいられない。

やがて、まるで宝石のように大きな翠《みどり》色の目がのぞいた。天井の穴から現れた巨大な竜の頭部に、人々のかしましい悲鳴がこだまする。

「竜だと!? そんな馬鹿な！」

「早く先に行け！ そこをどくんだ！」

「ひぃぃぃぃ!!」

謁見の間は大混乱になった。

いち早く逃げ出そうとする人々と、唖然《あぜん》と頭上を見上げる人々と。

近衛騎士たちが王族を避難させようとするが、どうやら避難経路が頭上から落ちてきた石の残骸《ざんがい》で埋まってしまったらしく、立ち往生している。

そしてグリードは、広間に顔をのぞかせたっぷり人々を畏怖《いふ》させた後、その姿を消した。

いや正しくは、竜の姿が消えたに過ぎない。

気付くと彼は何事もなかったかのように、広間の真ん中――私のすぐそばに立っていた。

彼は周囲の混乱などものともせず、ジルに抱かれて仰向けになっていた私に手を伸ばした。

「立て、エリアナ。そして見届けろ」

一体何を見届けろというのか。それは分からなかったが、私にとってグリードの命令は絶対だ。

「はい」

私は彼の手を取ると、まだ萎《な》えている足を叱咤《しつた》して立ち上がった。

不思議と、父に会った時よりも妹に会った時よりもほっと安心できた。

もう私にとって彼が、グリードのいる場所こそが帰るべき家なのだ。

「スレンヴェールの王よ」

よく通る耳心地のいい声で、グリードは言った。

背後に悲鳴を背負っていなければ、まるで舞台の一幕のように見えただろう。

そして彼は、王の返事を待つことなく言葉を続けた。

「俺は、この国も俺のものにすると決めた。異論はあるか？」

誰の耳にも、その声はよく響いた。

その証左か、貴族たちの怒号や悲鳴が一瞬にして消え失せる。

まるで時間が止まったようだった。人間という人間は誰も何も言えなくなってしまった。

あっけにとられていた人々が、少し遅れて思考を取り戻す。

近衛騎士たちは闖入《ちんにゆう》者を取り囲み、槍《やり》や剣を向けた。私がこの国に来た時と同じ状況だ。

追い打ちのように、クリスの元部下と思われる魔術師たちが、次々に騎士たちを補助する呪文を唱える。

だが、グリードはそんなことつゆほども気にしない。

「大丈夫か？」

向けられた剣先をきれいに無視して、グリードは私の顔をのぞき込んだ。

その距離の近さに、そんな場合ではないと分かっていながら鼓動が高鳴る。

「うわぁぁ！」

緊張に耐えきれなくなったのだろう。

一人の騎士が切り込んできた。グリードはそれを、見ることも触れることもなく弾き飛ばす。まるで見えない壁でもあるように。

一体何が起こったのか、すぐそばにいる私にすら分からなかった。

またもや広間はしんと静まりかえる。巻き込まれるのを恐れてか、あるいはグリードの迫力に動けないのか、他の騎士は倒れた騎士を助けようともしない。

「おそれながら……」

緊迫した状況の中で、次に口を開いたのはクリスだった。

グリードと会ったことのある彼は、まだ余人と違って耐性があったのだろう。

「それは、国をあなた様のものにするとは、いかなる意味でございましょう？」

「そのままの意味だ」

「それは……アデルマイトのように御自らが国を治める王になると？」

クリスの問いに、それを耳にした人々はざわめいた。

政治的に安定し、もう何十年も戦火にさらされていないスレンヴェールにとって、降って湧いた圧倒的強者の支配というのは、まさしく寝耳に水だったのだ。

「グリードとやら！」

声を上げたのは、王だった。

近衛騎士に守られながら、まだ老いとはほど遠い壮健な王が前に進み出る。

「陛下！」

クリスが王を制止しようとしたが、無駄だった。

「貴公が真に竜であるというのなら、このやりようはあんまりではないか。我が国は十年に一度、絶えず貴公にうら若き乙女を捧《ささ》げてきたのだぞ」

それこそが、竜の花嫁だ。

連綿と続けられてきた、生贄《いけにえ》の儀式。

少女一人の命と引き換えに、国を守る邪法。

私はグリードに会って、竜が乙女を求めていなかったことを知った。だとすれば、今までに死んでいった少女たちのなんと哀れなことか。

今まで私は、その少女たちの屍《しかばね》の上に何を思うこともなく暮らしてきた。王太子の婚約者になるのだという欲にまみれた目標にばかり汲々《きゅうきゅう》として。

でも、あのマグマの中に飛び込んだ今ならば分かる。

彼女たちは――どんなに恐ろしかったことだろう。そしてどんなに悲しかったことだろう。

「乙女など、求めたことはない。人間が勝手にそう思い込み、勝手に捧げていただけだろう」

「何だと!?」

「求めてもいないものを与え、俺を言いなりにでもしているつもりだったか？　それともすでに過去のものだと忘れていたか？　愚かだな人の王よ。俺がその気になれば、人という人を殺し尽くすことすら容易《たやす》いというのに」

普段のグリードは、冗談でもこんなことを言ったりはしない。

竜の姿では周囲を腐らせてしまうからと、火口から出た後はほとんど人の姿でいる優しい竜だ。

だからこそ私は、如実に彼の怒りを感じた。

燃え盛るのではなく、内からじわじわと燃え上がるような身の内に感じた怒り。

私は黙って、事の成り行きを見ていることしかできなかった。

すると突然、グリードが王に視線を向けたまま、クリスに向けて手をかざした。

一拍遅れて、触れてもいないのにクリスの体が弾き飛ばされる。まるで先ほどの騎士のように。

時を同じくして、王やアルヴィンの近くでバチバチと小さな火花が散った。本物の火ではない。

何らかの魔術が打ち破られたことを意味する熱のない光だ。

「こざかしいことを」

どうやらクリスは、グリードが油断している間に王族の周囲に障壁を築こうとしたらしい。

彼は王に任じられた宮廷魔術師長だったのだから、国王を守ろうとするのは当然だろう。

「強欲の竜よ、スレンヴェールから陛下を奪われては困る……我が国はアデルマイトとは違い平和な国。アデルマイトの民も数多く逃げ込んでいる。あなたは彼らから、新たな住処すらも奪うつもりなのかっ」

素早く身を起こし、クリスが叫ぶ。

私は彼の志に感動し、一方で我関せずとばかりに身を小さくしている貴族たちを疎ましく思った。

公爵家に生まれた私が、ずっと勉強させられていたこと。貴族たちはスレンヴェール建国の際に初代王と共に戦った者たちの子孫であると。故に彼らは、いつか来る国の危機に処するため恵まれた生活をし、王都で国王のそば近くに侍《はべ》っているのだと。

だというのに、こんな危機的状況で危険を顧みず王を守ろうとするのが、平民出身のクリスだけというのはひどい皮肉だった。

「エ、エリアナ！」

その時、私の名を呼ぶ声がした。

それは――かつて父と呼んだ人のもの。

「何をしている！　早くその不気味な竜を止めるのだ。お前はそのために身を捧げたのだろう⁉」

彼の言葉に、張り詰めていた糸が切れた。

私はたまらず、グリードの手の中から歩き出す。

周囲を囲んでいた騎士たちが道を開ける。私はすっかり呆《ほう》けている彼らの内の一人から、自分が刺されたのと同じ形の槍を拝借した。

あっけにとられた騎士は、さして抵抗もせずされるがままだ。

そして向かった先は、高位貴族として王の近くに侍っていた父の目の前。

「お父様」

「エ、エリアナ……」

父は尻餅《しりもち》をつき、ぎょろりと見開いた目で私を見上げた。

いつも厳しく、常に誇り高くあれと言っていた人間の無様な姿に、すっと心の奥が冷えていくのを感じた。

「いえ、もうお父様と呼んではいけないのでしたね。リュミエール公爵」

「あ、あ……いや、そんな……」

座ったままで後ずさった父に、槍を向けた。

「まずは見せしめとして、あなた様を殺しましょう。そうすれば陛下も、おとなしく国を明け渡してくださることでしょう」

まるで熱に浮かされたように、体が勝手に動いた。

父に対する怒りというより、グリードのためにはこの男が邪魔だと本気で思った。むしろ、それしか考えてなかったと言っても過言ではない。

国を支える二大公爵の内片方が消えれば、スレンヴェールの人々は否が応でも現実を知るだろう。

そしてグリードに忠誠を見せるには、この方法が一番だと私は勝手に思い込んでいたのだ。

父に向けた槍を突き出したその瞬間、頭の中にまるで走馬灯のように様々なことが駆け巡った。

どんな時でも、あなたが私に向ける目は厳しかった。公爵家の娘として恥ずかしくないようにと、いつでも自分を律するよう厳しく言いつけられてきた。

でも私はずっと、父は私のために厳しくしているのだと信じ切っていた。

王太子に嫁ぐことがおまえの幸せなのだと、ことあるごとに言い聞かされていたから。

でも、妹が生まれて、父は変わった。

屋敷の中でも、彼女にだけは笑顔を見せるようになった。私には相変わらずのしかめ面。私は長女だから仕方ないと、その寂しさを押し込めていたけれど。

「やめるんだエリアナ」

決意を込めた槍が、動かなかった。

振り返ると、グリードが柄の後ろを握って止めていた。力一杯動かしているはずなのに、ピクリとも動かない。

「親を殺せば、傷つくのはおまえ自身だ」

静かな声だった。

グリードにはなぜ、そんなことが分かるのだろう。

自分は親も子もいない、孤独な存在であるというのに。

涙が、あふれた。

父に会った時もアルヴィンに会った時にも、流れなかった涙が。

「エリアナ様……」

いつの間にかそばに寄り添っていたジルが、そっと私の肩を抱く。

グリードは力をなくした私の手から槍を受け取ると、その切っ先を父に向けたままで言った。

「我が妃《きさき》の父がお前だというのは非常に不本意だ。二度とその不快な口が利けないようにしてやろうか?」

「くっ……」

半壊した広間はしんと静まりかえり、誰も父をかばう者はいなかった。

先ほど私をかばった妹すら、近衛騎士の陰に隠れて小さくなっている。

グサリと、槍が突き立てられた。

「ひ、ひぃぃぃぃぃ!」

甲高い父の悲鳴が響き渡る。

彼がこんなに、取り乱した姿を見るのは初めてだった。

「エリアナが受けた痛みは、この程度ではすまぬぞ」

槍は、石の床面にピンとまっすぐにつき立っていた。

父の足と足の間、少しでも狙いが狂えば槍は父の命を奪っていたことだろう。キュロットにシミが広がった。私は思わず目をそらす。

「ああ、ああ……」

「胸くそ悪い。二度とエリアナに関わるな」

グリードはそう吐き捨てると、用は済んだとばかりに王へと向き直った。

「今すぐ出て行けとは言わん。国を明け渡すには色々と準備もあるだろう。ジル」

「はい」

なぜかそこで、グリードはジルの名を呼んだ。

「監視役として、お前はこの城に留まり人間どもが余計なことを企てぬように見張れ」

「私はエリアナ様の世話係ですよ？」

「お前もドライアドの端くれなら、少しぐらい融通を利かせろ。お前をドライアドの王より借り受けたのはこの俺だぞ」

不満げなジルを、グリードは威圧的な言葉で納得させた。

彼女は不本意そうな顔をしながらも、私から離れて小さく礼をする。

「では」

そして宙にかざした彼女の手から、若葉や枝がにょきにょきと伸びた。

固唾《かたず》を呑《の》んで見守っていた貴族たちから悲鳴が上がる。しかしジルは、そんなこと欠片《かけら》も気にしない。

枝は絡み合い、やがてジルの隣に全く彼女と同じシルエットを作り上げる。枝と枝の境目はどんどん曖昧《あいまい》になり、まるでジルが二人いるように彼女そっくりの存在が生まれた。

目を開けた新たなジルは、ジルとは違い目だけが淡い黄色だった。

「エリアナ様。これに名前をお与えください。私にそうしてくださったように」

不思議そうに周囲を見回している己の分身を見ながら、ジルはそう言った。

ドライアドだとは知っていたが、まさかこんなことができるなんて。私は驚きながらも、ジルの言葉に従う。

「じゃあ……ジルによく似たあなたは、イルでどうかしら？」

恐る恐る尋ねると、黄色い目のドライアドは気に入ったようにぴょんぴょんと跳ねた。

落ち着きのあるジルと違って、彼女はどうやら活発な性格らしい。

ともあれ、気に入ってもらえたようでほっとした。

「イルを通じて、私にはいつでも連絡を取れます。必要な時には、いつでもお呼びください」

「ありがとう、ジル」

彼女の優しさが、とても嬉《うれ》しかった。

どうしてこんなによくしてくれるのと、思わず尋ねたくなったくらいだ。

「では、行くとしよう」

グリードは人の姿のまま、背中に竜の羽を生やした。

だが、静まりかえった広間で声を上げた者がいた。

「お待ちください！」

私は既視感に頭を抱えたくなった。

だってそう叫びながら進み出てきたのは、先ほどと同じように我が妹だったからだ。

「何だ？」

訝《いぶか》しげなグリードに、私はまるで弁明するように答えた。

この心に湧き上がってくる、真っ黒い気持ちは何だろう。

「……妹のルーナです」

「そうか。あまり似ていないな」

その言葉が、鋭く胸に刺さった。

私とは何もかも違うルーナ。そして王太子は、彼女の方を選んだ。

「よく、言われます」

そう、返事をするので精一杯だった。

「グリード様。あなた様が現在の姉のご主人様ですの？」

ルーナは己のかわいさを最大限に引き出すように、小首をかしげて言った。

小作りな顔。大きな目。いつも笑みを絶やさない口元。

彼女が異性から見て魅力的だということは、男女関係に疎い私にだって察しがつくことだ。

「主人？　まあ、主人と言えばそうだな」

グリードの声音からは、先ほどまでの高圧的な要素が消え失せていた。

本当は、彼とルーナが会話するところなんて一瞬たりとも見ていたくない。

けれど私は、まるで見えない糸に縛り上げられたようにその場から動くこともできないのだった。

「では、わたくしも姉のように、あなた様にお仕えしたく存じますわ。グリード様」

ルーナはドレスをつまんで、丁寧にお辞儀してみせた。

「俺に仕える？　姉妹揃《そろ》って変わり者だな。この化け物に仕えようなどと」

「化け物だなんて……グリード様はとても魅力的なお方ですわ」

甘いふわふわとした言葉を並べるルーナの真意を知りたくて、私は彼女のことを凝視した。彼女はアルヴィンを運命の相手だと言っていたはずだ。彼と結婚できなければ死ぬと、両親に詰め寄ったほどに。

だが、彼女が愛していたのは彼ではなく、王妃という位だったのかもしれない。

そして気がついた。私と彼女の間には決定的な認識の違いがあることを。

彼女はきっと、グリードの言った『妃』という言葉を本気にしているのだ。

私はただの忠実なしもべとしてグリードに従っている。けれどルーナは、私が妻としてグリードに〝仕えて〟いると思ったのだろう。

「ルーナ。グリード様に仕えるというのはきっとあなたが考えているような意味じゃないわ。わたくしはグリード様のしもべに過ぎない。ただの使用人の一人なのよ」

勘違いを正そうとそう口にすると、ルーナがぎらりと私を睨《にら》みつけた。

「お姉様は、グリード様を独り占めにしたくてそんな意地悪を言っているのね？」

「意地悪なんかじゃないわ。だいたい、あなたには王太子殿下の婚約者としての務めが……」

「そんなもの、王が替わるのなら意味ないわよ！」

突然、ルーナは激高してみせた。

驚いて、つかの間言葉を失う。

「せっかくお父様にお願いして王太子の婚約者の座を射止めたのに、お姉様のせいで全部台無し！何、そんなに私に復讐《ふくしゅう》したかったの？　だから今更国に戻ってきたのでしょう⁉」

あまりのことに、私は後ずさった。

こんな風に、妹に真っ向から感情をぶつけられたのは初めてだ。

ルーナは私のことなんて眼中にないのだろうと、ずっと思っていた。

「だからって、祖国を滅ぼそうだなんてあんまりよ。それも、何も知らないグリード様を利用しようだなんて……」

「利用？　俺がエリアナに利用されていると？」

「そうですわグリード様。姉は畏《おそ》れ多いことにあなた様を利用したのです。妹である私を妬《ねた》み、陥れようと」

「そんなことありません！」

ルーナの妄言に、必死で反論した。

確かに、自分の運命を呪ったことがないと言えば嘘《うそ》になる。

それでも、だからといって私を助けてくれたグリードを利用するなんて、思いもつかないことだ。

本当なら、この国には戻ってきたくなかった。

私はただ、新生グリード竜王国の民のために仕方なく戻っただけだというのに。

「そうやって、声を荒らげるのがいい証拠ですわ」

まるで私を嘲《あざけ》るように、ルーナがいやらしく笑った。

頭が真っ白になる。何も反論しなければルーナが言ったことを肯定しているように見えるだろうか。それとも必死で反論した方が、怪しく見えてしまうだろうか。

罪を犯したわけでもないのに、まるで今から裁かれる罪人のような気持ちになった。

グリードに仕えたいという気持ちには一辺の疚《やま》しさもないのに、一体どう言えばこの気持ちを証明できるのか。

気持ちに形があってグリードに見せられるのなら、私は今この場で胸を裂いてしまいたいと願うほど追い詰められていた。

「違う！　私は復讐なんて望んでいない！　ルーナ、どうしてそんなひどいことを⁉」

「お姉様が、私の幸せを邪魔するからよ！」

私たちの会話は平行線だった。

グリードの前で、自分の醜さをさらけ出すような言い争いをするのは耐えがたい。

そう思っていると、グリードはつかつかとルーナに近づいて見せた。

彼が行ってしまう——その喪失感が胸を焼く。

「ルーナとやら」

グリードが、ルーナに手を伸ばす。

まるで時が引き延ばされたように、一瞬のことがひどくゆっくりと感じられた。

「何でしょうか？　グリード様？」

私に向けていた顔とは大違いの、こびるようなルーナの表情。

その時私は、初めてこの妹を殺したいと思った。

そして伸ばされたグリードの手が、細いルーナの首を掴《つか》んだ。

「うぐっ」

聞いたこともないような詰まった悲鳴。

そして、数十キロはあるドレスと一緒に、グリードはルーナを持ち上げる。

彼女のつま先が地面から離れた。

あまりのことに、その場にいた人間という人間は私を含めて身動き一つできない。

「は、はな……っ」

恐怖に怯《おび》えるルーナの声。

思わず私の体が震えた。

彼女に憎しみを抱いたとして、だからといってこんな展開を望んでいたわけじゃない。

「耳障りな娘だ。不快なことこの上ない。お前は竜の花嫁になるという姉を止めずに、自分だけが幸せになろうとしたのか？　そして今度は自分が竜の花嫁になるのを邪魔するなとばかりにエリアナを責め立てるなど、見下げ果てた馬鹿者だな。そのような者は、我が国にはいらん」

「がはっ！」

グリードが手に込める力を強くしたのか、ルーナがより一層悲鳴を上げた。

ドレスからちらつく彼女のつま先が痙攣《けいれん》している。

──このままでは、死んでしまう。

私は──私は、結局彼女を見捨てることができなかった。

こんなにも憎んでいるというのに。

「おやめください！　グリード様」

走って、彼の腕にすがりついた。

近づくと、ルーナの顔から血の気が引いて真っ青になっている。

多分、私が思っているよりも猶予は長くない。

「このままでは死んでしまいます。どうか、ルーナの無作法をお許しくださいますよう！」

「なぜだ」

間髪容れず、グリードの問いが降りてくる。

「この娘のどこに、かばう価値があるというのか？」

尋ねられ、私はルーナを見上げた。

私から王太子の婚約者の座と両親の愛を奪った。憎い憎い私の妹。

でも、彼女の無謀がなければグリードと出会うことはなかった。

結果論に過ぎないけれど、私はもう、王太子の妃になるよりも素敵な人生を、手に入れられたと思う。

それに、本当に嫌なら、戦わなければならなかったのだ。おとなしく彼女に譲るべきではなかった。ちゃんと嫌だと意思表示するべきだった。

「価値とかそういう問題ではないのです。どんなに憎んでも、ルーナは私の妹。その事実が変わるわけではありませんから」

グリードはよく分からないという顔をした。

それでも、私の願いを聞き入れ掴んでいたルーナの首を離した。

投げ出される彼女の体。

どこかの骨が折れたのか、ごきりという嫌な音がした。

「ごほっ、痛い！　ごほごほっ、痛いわ‼」

ルーナが泣き叫ぶ。

私は彼女に近寄り、怪我の具合を調べた。

折れたのかひねったのか、足がひどく腫《は》れ上がっている。

そして喉元《のどもと》にはくっきり赤黒い手の跡がついていた。だが、すぐに声を上げることができたということは命に別状はないようだ。

「人間ども。俺は不愉快だ。これ以上機嫌を損なえば、どうなるか分かっているだろうな？」

グリードはもうルーナに目を向けることもなく、怯えている貴族や王族たちを睥睨《へいげい》した。

彼の顔には忌々しげな侮蔑《ぶべつ》がべったりと張り付いている。

私はまだ咳《せ》き込むルーナの背中を撫《な》でながら、そんな彼の横顔を見上げていた。

「もう一度言う！　この国はもう俺のものだ。人間などという卑小な身で逆らおうなどとつまらぬことは考えるな。約束を違《たが》えればすぐにでも国ごと焦土に変えてやろう」

グリードは王者の風格でそう宣言すると、ちらりと私を見た。

「不愉快だ。帰るぞ」

そう言って、彼が手を伸ばす。

私はまだルーナの容態が気がかりではあったのだけれど、たまらず彼の手を取った。

もう、この国に私を引き留めるようなものは何もない。

「シェリー」

その呼び声に、白い少女が心得たように竜の姿に変わる。

グリードは私とイルに、シェリーに乗るよう指示した。自らは背中に伸ばした羽で、軽やかに空へ舞い上がる。

「忘れるな人間ども。俺の力があればお前たちなどすぐさま屍《しかばね》に変えることができるのだ。人間の分際で、我に逆らうとは愚かだと心得よ！」

シェリーの背から見下ろす謁見の間は、ひどい有様だった。

そしてぽかんとこちらを見上げる人間たちに、ジルが何事か指示を出している。

私は呆然《ぼうぜん》とこちらを見るお父様から視線をそらすと、もう二度と振り返らなかった。

シェリーが羽ばたいて、あっという間に城から距離ができる。

「先に行く。お前たちはゆっくり来い」

グリードはそう言い残すと、アデルマイトの旧城に向かって目にもとまらぬ速さで飛び去ってしまった。

それがやけにぶっきらぼうだったので、私はどうしても言いようのない不安を拭《ぬぐ》うことができなかった。

シェリーの背中で風に煽《あお》られながら、私はやるせない気持ちで一杯だった。

グリードは不快な思いをしただろうし、一人ではまともに役目も終えられない私に呆《あき》れただろう。

何より、私は最後の最後でルーナをかばってしまった。

あんなに憎んでいたのにだ。

そしてそのために、グリードの邪魔をしてしまった。

口では彼に忠実だと言っておきながら、突然湧き上がった家族の情に逆らえなかった。

何もかもがめちゃくちゃだ。

私は私自身を完全に変えられていなかった。

「最低だわ」

「エリアナ様……」

シェリーの上で私を抱きかかえるようにしているイルが、心配そうに私の顔をのぞき込んでくる。

「グリード様のお言葉に逆らってしまった。すべてに従うと覚悟していたのに……っ」

「そんな、グリード様はエリアナ様に怒っていらしたのではありません。お気になさらないでください」

イルは、ジルから生まれただけあってまるでジルのように私に接してくれた。

でも彼女もドライアドだから、やはり私の気持ちを理解できるとは言わない。

罪悪感とふがいなさで息が詰まりそうだった。

人間とはなんて不自由で、不完全な生き物なのだろう。

急に飛ぶスピードが落ちたのでどうしたのだろうとシェリーを見ると、彼女もまたきゅうきゅうと心配そうにこちらを見つめていた。

私は彼女の白い鱗《うろこ》をそっと撫でて、心配しないでと呟《つぶや》いた。

「次にグリード様に会ったら、謝罪するわ。許してはくださらないかもしれないけど」

「エリアナ様、そんなことは……」

「いいえイル。そうしなければ、私自身が私のことを許せないのよ」

旧アデルマイト城への距離は、ぐんぐんと近づいていく。

早くグリードに会いたいような、それとも会いたくないような、私は複雑な気持ちだった。

第六章　あなたと生きていくために

だが、旧アデルマイト城に戻るとグリードに謝っている場合ではないということに気が付いた。

多分その言葉を告げた時、私はひどく疲れた顔をしていたことだろう。

「スレンヴェールは……我がグリード竜王国に吸収合併されることになりました」

先ほどまで私の帰宅を喜んでくれていた政務官たちが、唖然《あぜん》とした顔でこちらを見つめている。

「そ、それはどういう……」

「言葉のままだ。いけ好かないあの国の、王を捕らえて捕虜とした。ジルを置いてきたから、よきようにするだろう」

グリードの無責任な言葉に、私は頭を抱えたくなった。

先ほどまでの出来事が、全部夢だったらよかったのにと思う。

「はぁぁぁ!?」

「一体どういうことですか？　エリアナ様！」

側近とも言える彼らの悲鳴を聞きながら、私は今後の国家運営をどうかじ取りすべきか必死に考えていた。

「と、とりあえず、食料問題が解決したことはよしとしましょう。スレンヴェールの国力があれば、旧アデルマイトの疲弊した経済を支えることも不可能ではないはず。とりあえず連絡役としてジルが向こうに残ってくれているから、近いうちにこちらから政務官を派遣して、ゆくゆくは国土の統一を図りましょう」

一様に「嘘《うそ》ですよね？　お願いだから嘘だと言って！」という顔をしている彼らに、私は現実を申し渡す。

内乱で荒れ果てた国がほぼ無傷の――――それも大国とも言える国を吸収合併するというのだ。私にだって現実とは思えないが、竜の力を使えばそんな無茶も通ってしまう。

「エリアナ様も、あちらに住まわれるのですか……？」

私がスレンヴェールの元貴族であると知っているスレインが、恐る恐るというようにその問いを口にした。

ゆっくりと左右に首を振って、その可能性を否定する。

「いいえ。わたくしのいるべき場所はグリード様の隣ですから」

するとスレインは、安心したようなそれでいてがっかりしたような、なんとも複雑そうな顔をした。

「しかしこの城では、満足な生活も……」

どうやら、彼はこちらでの私の生活を憂慮してくれていたらしい。

「無用な心配です。それに、言葉にナイフを隠しているあちらより、こちらの方がよほど安心できます。色々と分かりやすいですから」

つい最近まで戦争をしていた国なので、気に入らなければ即手が出る風潮がある。

それが危険といえば危険かもしれないが、言葉という武器で牽制《けんせい》し合う陰湿なあちらの宮廷で戦うのとどちらがましかは微妙なところだ。目に見えている分だけ、こちらの危険の方が分かりやすいとも言える。

それにグリードがこちらの城に戻ってきたということは、きっと少なからずこの城に愛着を持っているということなのだろう。彼がこちらに残るというのなら、私も残るのが必然というものだ。

「驚いていると思うけれど、これは決して悪い話ではないわ。もちろん反発はあるでしょうけれど、グリード竜王国にとってはどうするのが最善か、それを模索していきましょう」

号令をかけると、政務官たちの顔は一気に引き締まった。

短い間とはいえ、苦楽を共にした仲間たちだ。彼らは突然やってきた私のような小娘を、気遣いそしていつも立ててくれる。

いくらグリードの後ろ盾があるとはいえ、それは簡単にできることではないだろう。

「あなた方の献身に感謝します。共にグリード竜王国を素晴らしい国にしましょう」

「はい！」

まっすぐに私を見るいくつもの目には、新しい国を作っていくのだという熱い気概が宿っている。

「こちらこそ、ありがとうございますエリアナ様。あなたの知識や判断力に、どれほど我々が助けられたことか」

スレインが、おもむろに言った。

まさかそんなことを言われるとは思わず、驚きで言葉をなくす。

「長引く戦乱で荒れ果てたアデルマイトは、周辺諸国に見捨てられた国でした。スレンヴェールにある母の実家すら、革命に力を貸してはくれなかった。革命側であった我々に体制側の知識は乏しく、グリード様の助けで革命を成し遂げようともエリアナ様がいなければ我々は右往左往するだけだったでしょう」

どちらかというと厳つい印象のスレインが、照れたように笑っていた。

近くにいた政務官たちが、同意を示すように頷《うなず》いている。

胸が熱くなり、返事をしなければと思うのになかなか言葉が出ない。

ずっと煙たがられていると思っていた。グリードの権威を笠《かさ》に着て偉そうに指示を出す小娘と。

少なくとも最初は、そのような空気があった。彼らの態度が変わってきたのは、ここ最近のことだ。

この時初めて、私は自分が王太子妃になるために学んできたすべてに、意味があったのだと知った。誰もが私を裏切っても、今まで努力に費やしてきた時間だけは、裏切らず確かにそこにあったのだ。

「ありがとう……皆さん」

思わず涙がこぼれそうになったが、上に立つ者は感情を見せてはいけないという教えを守り、どうにか耐えた。

近くにいたスレインにはばれてしまったかもしれないが、彼はそれを指摘するような無粋なことはしなかった。

＊

「随分楽しそうにしているな」

政務官たちと今後のことを話し合い、寝室に戻れたのは夜中近くだ。

そして私の寝室に不機嫌そうに待っていたグリードの姿に、心臓が止まるかと思った。

「グリード様！　淑女の寝室で待ち伏せするような下品なこと、してはなりません！」

イルの窘《たしな》める声が響く。私とグリードが話しているとにやにやしながら見守っていたジルと比べると、彼女は真面目で職務に忠実だ。

「なぜだ。ここにエリアナが戻ってくると聞いたから待っていただけだぞ」

グリードは不満そうに言い返す。

どうやら私の寝室で待ってはいたものの、深い意味はないらしい。

私は驚きを散らすために深呼吸をして、グリードに向き直った。

「こんな時間にどうなさいましたか？　グリード様」

言いながら、アデルマイトに戻ってからずっと彼をほったらかしにしていたことに気がついて、浮かべた笑顔が引きつった。

そういえば、スレンヴェールで私は彼に逆らってしまったのだった。これからどうするかということで頭が一杯で、今の今まですっかり忘れていた。

「申し訳ありませんグリード様。わたくしは……」

思わず言いよどんでしまったのは、何をどう言えばグリードの意に沿うのか分からなかったせいだ。

だが私が答えを見つける前に、グリードの方が目をそらした。

「いい。楽しそうにしているならいいんだ。あちらの城では随分と不快な思いをしていたようだったからな」

照れているのか、グリードは言いづらそうにしていた。

私のことを労《いた》わってくれているのが分かって、胸の中が温かくなった。

「グリード様のおかげです。グリード様のおかげで、かつての迷いや苦しみを吹っ切ることができました。本当になんとお礼を言ったらいいか……」

命を助けてもらい、実の親にすら疎まれていた私に生きる理由を与えてくれた。

それだけで十分だったのに、彼は危機に瀕《ひん》した私を助けに来てくれたのだ。そして今も、こうして私を心配してくれている。

「礼などいらん。これから先も、俺に仕えてくれるんだろう?」

恥ずかしそうにしていた彼が、少しいたずらっぽく笑った。

それは今までに見たことのない表情で、思わず釣られて笑みがこぼれた。

「ええ、どこまでもお付き合いいたします。たとえ地の果てであろうとも」

「おい。別に俺はそんなところまで行かないぞ」

「言葉のあやですわ。グリード様」

「そういうものか」

「そういうものです」

こうして私の人生は、王太子の婚約者だった頃とは比べものにならないほど輝き始めた。これからどんなに困難なことがあっても、今の気持ちを忘れずにいたい。

こんなにも嬉《うれ》しく、誇らしい日があったことを。

あとがき

はじめましての方もそうでない方もこんにちは。柏《かしわ》てんです。

この度は数ある本の中からこの本を手に取っていただき、本当にありがとうございます。

まずは、制作にかかわってくださったすべての方々に感謝を申し上げます。

素敵なイラストをつけてくださったＣＯＭＴＡ様。そしていい作品を作ろうと刊行まで導いてくださった担当編集様。改めてお礼申し上げます。

なんと驚くことにコミカライズもしていただけるそうで、今からどんな漫画になるのかとても楽しみです。

最初はネット上でちまちま連載していた作品が、色々な方の力を借りてここまで育ってくれたのかと思うと感慨深いものがあります。

加筆修正頑張りましたので、既読の方にも楽しんでいただける内容になったのではないかと自負しております。

さて、この先はいつもあてどなく近況を書き綴《つづ》るのが常なのですが、今回はあとがきが１ページということでそろそろ店じまいとさせていただきます。

またどこかで皆さんのお目にかかれれば幸いです。

柏　てん

カドカワBOOKS

妹《いもうと》に婚約者《こんやくしゃ》を譲《ゆず》れと言《い》われました
最強《さいきょう》の竜《りゅう》に気《き》に入《い》られてまさかの王国《おうこく》乗《の》っ取《と》り？

2019年３月10日　初版発行

著者／柏《かしわ》　てん

発行者／三坂泰二

発行／株式会社KADOKAWA

〒102-8177
東京都千代田区富士見2-13-3
電話／0570-002-301（ナビダイヤル）

編集／角川ビーンズ文庫編集部

印刷所／大日本印刷

製本所／大日本印刷

KADOKAWA　カスタマーサポート
［電話］0570-002-301（土日祝日を除く11時〜13時、14時〜17時）
［WEB］https://www.kadokawa.co.jp/（「お問い合わせ」へお進みください）
※製造不良品につきましては上記窓口にて承ります。
※記述・収録内容を超えるご質問にはお答えできない場合があります。
※サポートは日本国内に限らせていただきます。

ISBN 978-4-04-107994-2 C0093

新文芸宣言

かつて「知」と「美」は特権階級の所有物でした。

15世紀、グーテンベルクが発明した活版印刷技術は、特権階級から「知」と「美」を解放し、ルネサンスや宗教改革を導きました。市民革命や産業革命も、大衆に「知」と「美」が広まらなければ起こりえませんでした。人間は、本を読むことにより、自由と平等を獲得していったのです。

21世紀、インターネット技術により、第二の「知」と「美」の解放が起こりました。一部の選ばれた才能を持つ者だけが文章や絵、映像を発表できる時代は終わり、誰もがネット上で自己表現を出来る時代がやってきました。

UGC（ユーザージェネレイテッドコンテンツ）の波は、今世界を席巻しています。UGCから生まれた小説は、一般大衆からの批評を取り込みながら内容を充実させて行きます。受け手と送り手の情報の交換によって、UGCは量的な評価を獲得し、爆発的にその数を増やしているのです。

こうしたUGCから生まれた小説群を、私たちは「新文芸」と名付けました。

新文芸は、インターネットによる新しい「知」と「美」の形です。

2015年10月10日
井上伸一郎

B's LOG COMIC
マグマの中から現れたのは、
伝説の竜でした
妹が私の婚約者に一目惚れ。
嫁ぎ先を失った私は
名誉ある生贄"竜の花嫁"として
煮え滾るマグマに身を投げた
……はずだったのに!?
2019年4月配信
B's-LOG COMIC 2019 Apr. Vol.75にて
コミカライズ始動!!
妹に婚約者を譲れと言われました
最強の竜に気に入られてまさかの王国乗っ取り？
漫画 hi8mugi
原作 柏てん
キャラクター原案 COMTA

WEBで大人気!
ひきこもり姫が
女王回避へ孤軍奮闘!?
「女王陛下と呼ばないで」
柏《かしわ》てん
イラスト/梶《かじ》山《やま》ミカ
リンドール国王の孫娘の私・フランチェスカはおうち大好き、チェス大好きなひきこもり。でも突然女王候補に選出されて、有能すぎる王様候補の貴公子達——俺様なスチュアート、頭脳派のシアン、クールな騎士・アーヴィンと王位争いを……って、そんなの無理です!!
文庫判
シリーズ
好評
発売中!!
角川ビーンズ文庫

アルバート家の令嬢は没落をご所望です
著 さき
イラスト／双葉はづき
気がつけば乙女ゲームの悪役令嬢!?
大人気のWEB小説、書籍化！
コミカライズ連載中！
ビーズログ・コミック＆フロースコミック
文庫判
1〜4巻
好評
発売中!!
大貴族の令嬢メアリは思い出す。ここが前世でプレイしていた乙女ゲームの世界で、自分は主人公の恋を邪魔する悪役令嬢だということを……だったら目指せ没落！　とはりきるけれど、なぜか主人公になつかれて!?
角川ビーンズ文庫

前世は恋人で仇。
現世は旦那様とメイド。
――この恋には続きがある。
コミカライズ
狼領主のお嬢様
漫画：柑奈まち
B's-LOG COMIC＆
FLOS COMICなどで
好評連載中!!
シリーズ
大好評
発売中!!
狼領主のお嬢様